dtv

Der schüchterne Guylain Vignolles liebt Bücher und hasst seinen Job in einer Papierverwertungsfabrik. Darum liest er jeden Morgen auf dem Weg zur Arbeit den Pendlern im Vorortzug ein paar Seiten vor, die er tags zuvor der Schreddermaschine entrissen hat. Eines Tages findet er im Zug einen roten USB-Stick, auf dem das Tagebuch einer jungen Frau gespeichert ist. Was er da liest, verändert sein Leben.

Jean-Paul Didierlaurent, 1962 im Elsass geboren, lebt mit seiner Familie dort und arbeitet bei einem Telekommunikationsunternehmen. Nach mehreren preisgekrönten Kurzgeschichten landete er mit seinem Romandebüt ›Die Sehnsucht des Vorlesers‹ auf den internationalen Bestsellerlisten.

Jean-Paul Didierlaurent

Die Sehnsucht des Vorlesers

Roman

Aus dem Französischen
von Sonja Finck

dtv

Ausführliche Informationen über
unsere Autoren und Bücher
www.dtv.de

Dieses Buch ist bei dtv
auch im Normaldruck (21676) lieferbar.

Ungekürzte Ausgabe 2018
dtv Verlagsgesellschaft mbH & Co. KG, München

Titel der französischen Originalausgabe:
›Le Liseur du 6 h 27‹

Umschlaggestaltung: Sabine Kwauka
unter Verwendung einer Illustration von
Benjamin von Eckartsberg
Gesetzt aus der Garamond 12/15,5˙
Gesamtherstellung: Druckerei C.H.Beck, Nördlingen
Gedruckt auf säurefreiem, chlorfrei gebleichtem Papier
Printed in Germany · ISBN 978-3-423-25393-2

Für Sabine,
ohne die es dieses Buch nicht geben würde.

Für meinen Vater,
der unsichtbar an meiner Seite ist und
mich seine ewige Liebe spüren lässt.

Und für Colette,
auf die ich immer zählen kann.

1

Einige Menschen kommen taub, stumm oder blind zur Welt. Andere tun ihren ersten Schrei mit einem schielenden Auge, einer Hasenscharte oder einem Feuermal mitten im Gesicht. Manche werden auch mit einem Klumpfuß geboren oder ihnen fehlt gleich ein ganzer Körperteil. Guylain Vignolles war von alledem verschont geblieben – dafür strafte ihn das Schicksal damit, dass sein Name seine lieben Mitmenschen zu einem Wortspiel verleitete. Wenn man nämlich die beiden Anfangssilben seines Vor- und Nachnamens vertauschte, wurde daraus *vilain guignol*, der »dumme Kasper«. Kaum dass er laufen konnte, hatte man ihm diesen albernen Spitznamen schon hinterhergerufen, und er war ihn nie wieder losgeworden.

Bis heute war ihm unverständlich, warum seine Eltern 1976 »Guylain« den Vorzug gegeben hatten, statt einen der Vorschläge aus dem Apothekenkalender zu nehmen. Hatten sie denn gar nicht bedacht, welch desaströse Folgen so eine Namenswahl haben konnte? Seltsamerweise und obwohl die Neugier ihn oft plagte, hatte er es jedoch nie gewagt, sie nach den Gründen für ihre Entscheidung zu fragen. Vielleicht, weil er Angst hatte, sie in Verlegenheit zu bringen. Oder weil er fürchtete, dass er bei einer allzu banalen Antwort nur noch mehr mit seinem Schicksal hadern würde.

Da malte er sich doch lieber aus, wie sein Leben als Lucas, Xavier oder Hugo ausgesehen hätte. Selbst mit Ghislain wäre er zufrieden gewesen. Ghislain Vignolles: vier harmlose Silben. Ja, mit so einem Namen hätte er zu einem selbstbewussten jungen Mann heranwachsen können – stattdessen hatte *vilain guignol*, der »dumme Kasper«, während seiner Kindheit und Jugend wie Pech an ihm geklebt.

Im Laufe seiner sechsunddreißig Lebensjahre hatte Guylain Vignolles darum gelernt, wie man sich am besten unsichtbar machte. Oder zumindest wie man schnell wieder in

Vergessenheit geriet. Um sich vor Spott und Gelächter zu schützen, war er zu einem unscheinbaren Mann geworden. Er war weder dick noch dünn und kleidete sich so unauffällig, dass man ihn höchstens als blasse Gestalt am Rande wahrnahm, er ansonsten aber in der Menge unterging. So führte er nun schon seit Jahren ein von seinen Mitmenschen weitgehend unbeachtetes Dasein, damit bloß niemand auf die Idee kam, ihn anzusprechen oder ihn gar näher kennenlernen zu wollen.

Nur hier, auf dem Bahnsteig dieses trostlosen Vorortbahnhofs, war das anders. Von montags bis freitags wartete er hier jeden Morgen auf den 6.27-Uhr-Zug, die Füße genau auf der weißen Linie, die den Sicherheitsabstand zum Gleis markiert. Kurioserweise besaß diese schon etwas verblasste Linie die Fähigkeit, ihn zu beruhigen und den Geruch des Gemetzels zu vertreiben, den er sonst ständig in der Nase hatte. Solange er auf den Regionalzug wartete, wippte er auf der Linie hin und her, als wollte er mit ihr verschmelzen, auch wenn er wusste, dass sie ihm nur kurzzeitig inneren Frieden verschaffen würde. Denn wenn er der Barbarei wirklich entfliehen wollte, gab es nur eines: Er müsste auf der Stelle kehrtmachen und nach Hause gehen. Ja, er müsste nur seinen Job an den Nagel hängen, dann könnte er sich wieder unter seiner warmen Bettdecke verkriechen und die Welt einfach vergessen ... Letzten Endes blieb er dann aber doch auf der weißen Linie stehen, während die übrigen Pendler auf den Bahnsteig strömten und sich wie jeden Tag hinter ihm aufstellten, den Blick auf ihn gerichtet, sodass er im Nacken ein leichtes Brennen spürte und sich für kurze Zeit lebendig fühlte. Denn nach all den Jahren behandelten die Mitreisenden ihn inzwischen mit der freundlichen Nachsicht, die man harmlosen Spinnern entgegenbringt. Wohl nicht zuletzt, weil Guylain sie in den nächsten zwanzig Minuten ihrem grauen Alltag entreißen würde.

2

Wie jeden Tag kam der Regionalzug mit quietschenden Bremsen direkt vor ihm zum Stehen. Schweren Herzens löste sich Guylain von seiner weißen Linie und stieg ein. Der schmale Klappsitz rechts neben der Tür erwartete ihn schon. Er mochte den harten, orangefarbenen Plastiksitz lieber als die gepolsterten Bänke, und mittlerweile gehörte das Herunterklappen des Sitzes für Guylain zum allmorgendlichen Ritual; der Handgriff hatte fast etwas Symbolisches und entspannte ihn.

Während der Zug mit einem Ruck anfuhr, holte er die Sammelmappe aus seiner ledernen Tasche und platzierte sie auf seinem Schoß. Vorsichtig schlug er den Pappdeckel auf und nahm behutsam ein einzelnes Blatt heraus, das zwischen zwei Bogen bonbonrosa Löschpapier geruht hatte. Einen Moment lang betrachtete er es. Es stammte aus einem Buch vom Format 13,5 x 21 cm und war halb zerrissen, zudem fehlte die linke obere Ecke. Andächtig legte er es vor sich auf das Löschpapier.

Im Waggon trat allmählich Stille ein. Hier und da zischte noch jemand ungehalten »Pst!«, bis auch die letzten Gespräche erstarben. Guylain räusperte sich. Und dann begann er, so wie jeden Morgen, laut vorzulesen:

> Stumm vor Entsetzen starrte das Kind auf das Tier, das kopfüber an der Scheunentür hing und noch leicht zuckte. Die Hemdsärmel bis zum Ellbogen hochgekrempelt, packte der Vater es am Hals und durchtrennte mit einem scharfen Messer lautlos die Schlagadern. Augenblicklich spritzte ein Schwall Blut aus dem flauschigen weißen Fell und sprenkelte sein Handgelenk mit roten Tupfen. Kurz ließ er das Tier ausbluten, dann machte er ein paar gezielte Schnitte an Hinterläufen und Rücken und zog mit beiden Händen an dem Fell. Langsam, wie ein ausgeleierter Strumpf, rutschte es

über den noch warmen, sehnigen Körper des Kaninchens, bis hinunter zum Kopf, diesem Kopf, der nur noch hin und her baumelte und aus dem tote Knopfaugen ins Leere blickten, ohne jeden Vorwurf.

Während jenseits der beschlagenen Fensterscheiben des Waggons der Tag anbrach, strömte ein Wort nach dem anderen aus Guylains Mund, einzig unterbrochen von kurzen Atempausen, in denen nichts anderes zu hören war als das Rattern des fahrenden Zuges.

Für die Passagiere im Waggon war Guylain der komische Kauz, der jeden Morgen ein paar Buchseiten aus seiner Aktentasche zog, um sie mit lauter, klarer Stimme vorzulesen. Es waren nicht die Seiten eines bestimmten Buches. Nein, die Texte hatten rein gar nichts miteinander zu tun. Ein Kochrezept konnte auf die Seite 48 des Romans folgen, der im vergangenen Jahr mit dem Prix Goncourt ausgezeichnet worden war, oder eine Passage aus einem Krimi auf eine Seite aus einem Geschichtsbuch. Guylain war das egal. Für ihn war der Inhalt bedeutungslos. Was zählte, war der Akt des Vorlesens. Er schenkte jedem einzelnen Blatt seine ungeteilte Aufmerksamkeit, damit das Vorlesen seine magische Wirkung entfalten konnte: Jedes Wort, das ihm über die Lippen kam, befreite ihn ein bisschen von dem Ekel, der ihn beim Gedanken an seine Arbeit überkam.

Nun stieß die Messerklinge ins Verborgene vor. Mit einem langen Schnitt öffnete der Vater den Bauch des Tieres, aus dem die dampfenden Eingeweide wie die Perlen einer Kette hervorquollen. Danach war von seinem Kaninchen nur noch die schmächtige, blutige Hülle übrig, die der Vater gelassen in ein altes Geschirrtuch wickelte. An einem der folgenden Tage bekam das Kind ein neues Kaninchen. Wieder hoppelte ein weißes Fellknäuel im warmen Kaninchenstall umher, dem ersten zum Verwechseln ähnlich – doch dieses sah das Kind nun mit blutroten Augen an, denselben Augen, die ihm aus dem Reich der Toten entgegengestarrt hatten.

Ohne den Kopf zu heben, legte Guylain das Blatt zurück in die Mappe und zog bedachtsam die nächste Buchseite heraus:

> Instinktiv warfen sich die Männer zu Boden, getrieben von dem unbändigen, verzweifelten Wunsch, sich noch tiefer in die Erde zu vergraben, so tief es nur ging. Manche scharrten mit bloßen Händen im Dreck wie tollwütige Hunde, andere rollten sich zusammen und boten ihren Rücken ungeschützt den umherschwirrenden, todbringenden Granatsplittern dar. Einem uralten Reflex folgend, machte sich jeder so klein wie irgend möglich. Nur Joseph nicht. Inmitten der über sie hereinbrechenden Zerstörung blieb er stehen und schlang in einer unsinnigen Geste die Arme um eine große weiße Birke, die vor ihm in den Himmel ragte. Aus den Rissen ihrer Rinde perlte das Baumharz wie dicke Tränen und rann langsam am Stamm hinab, an den Joseph seine Wange presste, während ihm der Urin warm an den

Oberschenkeln hinablief. Mit jeder neuen Explosion bebte der Stamm in seinen Armen.

Als der Zug nach zwanzig Minuten in den Zielbahnhof einfuhr, hatte Guylain ein halbes Dutzend Seiten aus seiner Aktentasche vorgelesen. Noch während die letzten Worte auf seinen Lippen verklangen, hob er den Kopf und musterte die anderen Passagiere. Auch an diesem Morgen blickte er in enttäuschte, wenn nicht gar traurige Gesichter. Es war nur ein ganz kurzer Moment – dann erhoben sich die Pendler und verließen rasch den Waggon.

Guylain stand ebenfalls auf. Der orangefarbene Sitz knallte gegen die Lehne. Schlussklappe für heute.

»Danke«, flüsterte ihm schnell noch eine Frau mittleren Alters zu, bevor sie ausstieg. Verlegen hielt Guylain kurz inne und lächelte ihr hinterher; woher sollten die Leute auch wissen, dass er das mit dem Vorlesen nicht ihnen zuliebe tat ... Dann trat auch er hinaus auf den Bahnsteig – resigniert, doch gleichzeitig auch froh, wenigstens ein paar Seiten dem mörderischen Treiben entrissen zu haben und sie in der Wärme des Waggons in Sicherheit zu wissen, eingeklemmt zwischen Sitzfläche und Lehne eines orangeroten Klappsitzes.

Draußen regnete es in Strömen, und während er wie jeden Morgen auf die Fabrik zuging, hörte er wie so oft die raue Stimme des alten Giuseppe in seinem Kopf: »Du bist nicht für diese Arbeit geschaffen, mein Junge, wann siehst du das endlich ein? Du bist einfach nicht dafür geschaffen!«

Der Alte wusste, wovon er sprach. Er hatte seinen eigenen Widerwillen jahrelang in billigem Fusel ertränkt. In seinem jugendlichen Leichtsinn hatte Guylain die Warnung in den Wind geschlagen. Ganz naiv hatte er anfangs geglaubt, dass er sich schon an den Job gewöhnen und die Routine ihn einlullen würde. Doch er hatte sich getäuscht: Selbst nach all den Jahren wurde ihm immer noch speiübel, wenn die hohe Mauer, die das Fabrikgelände umgab, in sein Blickfeld kam.

Dahinter, geschützt vor fremden Blicken, lauerte die Bestie. Sie erwartete ihn schon.

3

Das Tor quietschte schauderhaft, als Guylain das Fabrikgelände betrat. Yvon Grimbert blickte von seiner Lektüre auf. Als Guylain ihn so sah, Racines ›Britannicus‹ in einer Ausgabe von 1936 in den Händen, die vom vielen Blättern schon ganz zerfleddert war, fragte er sich wieder einmal, wie der Wachmann es in seinem winzigen Wachhäuschen bloß den ganzen Tag aushielt.

Doch die Enge störte Yvon Grimbert nicht und auch nicht, dass es darin zog wie Hechtsuppe, solange nur die große Plastikkiste neben ihm stand, in der sich seine Bücher stapelten. Mit seinen neunundfünfzig Jahren galt Yvons ganze Liebe nämlich dem klassischen Theater. An dem Tag, als der Wachmann die französischen Tragödiendichter für sich entdeckt hatte, war es um ihn geschehen gewesen. Mit Haut und Haaren hatte er sich damals der klassischen Verskunst verschrieben und war seitdem ihr ergebener Diener. Nichts anderes zählte mehr für ihn im Leben. Und das war auch der Grund, warum man ihn häufig dabei beobachten konnte, wie er in dem winzigen Wachhäuschen so tat, als würde er sich die Toga des Pyrrhus aus Racines ›Andromache‹ überwerfen oder in Don Diegos Haut aus Corneilles ›Cid‹ schlüpfen, um dann mit theatralischen Gebärden flammende Reden zu halten. Für die kurze Zeit zwischen zwei Lieferungen konnte er so die eintönige Rolle vergessen, die ihm das wahre Leben zugedacht hatte: Tagein, tagaus hatte er die rot-weiße Schranke an der Fabrikzufahrt zu bedienen.

Trotz seines miserabel bezahlten Jobs war Yvon Grimbert stets akkurat gekleidet. Und besonders achtete er darauf, dass das schmale Oberlippenbärtchen sorgfältig gestutzt war. Bei jeder sich bietenden Gelegenheit zitierte er nämlich gerne den großen Cyrano de Bergerac:

»Er ist gewiss ein Feind von allem Derben. / Als solcher schon am zarten Schnurrbart kenntlich!«

Guylain liebte Yvon für seine Versponnenheit. Außerdem war der Wachmann kein einziges Mal der Versuchung erlegen, ihn »vilain guignol« zu nennen, und das rechnete Guylain ihm hoch an.

»Morgen, mein Junge.«

»Mein Junge«: Genau wie Giuseppe hatte Yvon ihn noch nie anders genannt.

»Guten Morgen, Yvon.«

»Dick und Doof sind schon da.«

Der Wachmann zählte die beiden immer in dieser Reihenfolge auf: erst Dick, dann Doof. Mehr sagte er nicht. Wenn er nicht gerade Verse deklamierte, machte Yvon Grimbert nicht viele Worte. Nicht, weil er von Natur aus wortkarg war. Nein, er wollte seine Stimmkraft einfach nur für das Einzige bewahren, was in seinen Augen zählte. Und darum rief er Guylain auch noch zwei selbst gereimte Zeilen hinterher, während sein junger Kollege widerwillig auf die große Wellblechhalle zutrottete:

»Seit Stunden schon regnet's aufs Dach mit Getös /
Der Regen geht nieder, er trommelt nervös.«

Fett und bedrohlich thronte die Bestie mitten in der Werkhalle. Ja, »die Bestie«: Über fünfzehn Jahre arbeitete Guylain nun schon in der Fabrik, aber bis heute weigerte er sich, ihren richtigen Namen laut auszusprechen, denn irgendwie glaubte er, dass er damit ihre Gräueltaten gutheißen würde, und das wollte er wirklich unter keinen Umständen. Sie nicht bei ihrem wahren Namen zu nennen war für ihn eine Art Schutzwall, der ihn davor bewahrte, ihr auch noch seine Seele zu verkaufen. Nein, das durfte nie geschehen: Die Bestie musste sich mit der Arbeit seiner Hände begnügen.

Als Guylain sie zum ersten Mal gesehen hatte, war er über ihre Farbe nicht sonderlich erstaunt gewesen. Das schmutzige Grün war die passende Kriegsbemalung für das elf Tonnen schwere Monstrum, dessen einziger Daseinszweck Zerstörung und Vernichtung war. Und äußerst passend war auch der Name, der in das Stahlgehäuse eingraviert war: Zerstör 500.

Die Bestie trug ihre Hässlichkeit mit großem Stolz zur Schau. Auf den ersten Blick hätte man die 1986 von der Krafft GmbH erbaute Maschine für eine gewaltige Lackieranlage oder einen riesigen Generator halten können, wenn nicht gar, Ironie des Schicksals, für die Rotationspresse einer Druckerei. Doch das war nur der äußere Schein. Das eigentliche Räderwerk des Schreckens befand sich verborgen unter dem Stahlgehäuse in der drei mal vier Meter breiten Grube, über der ein riesiger Edelstahltrichter hing. Ein Blick auf die technischen Details zeigte, dass die Zerstör 500 ihren Namen fünfhundert faustgroßen Hämmern verdankte, die auf zwei gigantischen Walzen angebracht waren, welche sich entgegengesetzt über dem Schlund der Bestie drehten. Darunter befanden sich auf drei weiteren Wellen sechshundert Klingen aus rostfreiem Stahl, die mit achthundert Umdrehungen pro Minute rotierten. Dazu spritzten von beiden Seiten etwa zwanzig Düsen mit einem Luftdruck von dreihundert Bar hundertzwanzig Grad heißes Wasser in das Loch, in dem sich das Rührwerk eines Edelstahlmischers drehte. Angetrieben wurde das Ganze von einem Dieselmotor mit fast tausend Pferdestärken, und kaum erweckte er die Bestie zum Leben, begann sie, ihre Beute zu zermalmen, kleinzuhäckseln und zu schreddern, zu mischen, zu kneten und zu überbrühen. Die beste Beschreibung ihrer Gräueltaten lieferten jedoch die Worte, die der alte Giuseppe Guylain immer dann zugebrüllt hatte, wenn es ihm wieder einmal nicht gelungen war, seinen in vielen Jahren angehäuften, unbändigen Groll auf die Zerstör 500 in dem billigen Fusel zu ertränken, den er sich im Laufe ihres langen Arbeitstages hinter die Binde kippte:

»Was die Bestie da treibt, ist Kulturmord im ganz großen Stil!«

4

Zu dieser frühen Stunde erinnerte die Fabrikhalle an einen leeren Ballsaal. Guylain zog sich der Magen zusammen. Noch deutete nichts darauf hin, welch ohrenbetäubender Lärm in wenigen Minuten hier losbrechen würde. Auch von dem brutalen Gemetzel, das sich hier am Vortag abgespielt hatte, war nichts mehr zu sehen. Bloß keine Spuren hinterlassen, war Félix Kowalskis Devise, und darum ließ der Chef sie Abend für Abend den Tatort gründlich reinigen, damit nichts mehr von dem Verbrechen zu sehen war, das hier tagein, tagaus begangen wurde – Wochenenden und Feiertage ausgenommen.

Schweren Schrittes durchquerte Guylain die Halle. Brunner erwartete ihn bereits. In seiner fleckenlosen Latzhose lehnte er mit verschränkten Armen lässig am Steuerungspult der Bestie und sah Guylain grinsend entgegen. Nie wünschte er ihm einen guten Morgen, nie begrüßte er ihn mit Handschlag oder nickte ihm zu, da war immer nur dieses arrogante Grinsen, mit dem der Fünfundzwanzigjährige von seinen ein Meter fünfundachtzig auf die ganze Welt herabblickte.

Länger hielt er das Schweigen allerdings nie durch: Den Rest des Tages verbrachte Brunner zu Guylains Leidwesen damit, ungefragt seine Meinung zu allem und jedem kundzutun: Beamte waren in seinen Augen faules, linkes Pack, Frauen gehörten an den Herd und taugten nur dazu, ihre Männer zu bekochen und sich schwängern zu lassen, und die Kanaken (eines seiner Lieblingswörter, das er mehr ausspuckte als aussprach) nahmen allen die Arbeitsplätze weg. Auch die Sozialhilfeempfänger, korrupten Politiker, Sonntagsfahrer, Drogenabhängigen, Schwulen, Behinderten, Superreichen und Nutten bekamen ihr Fett ab: Brunner hatte zu allen Bevölkerungsgruppen eine vorgefasste Meinung. Guylain hatte es längst aufgegeben, ihm zu widersprechen. Anfangs hatte er noch gegen Brunners Vorurteile anzugehen versucht, indem er ihm erklärte, dass man nicht alle Welt über einen

Kamm scheren konnte und es zwischen Schwarz und Weiß ja auch noch eine ganze Menge Grautöne gab. Er hatte sich wirklich den Mund fusselig geredet – ohne Erfolg. Schließlich hatte Guylain eingesehen, dass Brunner ein hoffnungsloser Vollidiot war, der zu allem Überfluss seinen Job liebte.

Darüber hinaus war Lucien Brunner auch gefährlich, denn er war ein wahrer Meister in der Kunst, vor jemandem zu buckeln und gleichzeitig hochmütig auf ihn herabzusehen: Sein »Monsieur Vignolles« triefte zum Beispiel vor Verachtung. Ja, Brunner war wie eine züngelnde Kobra, die nur darauf wartete, dass Guylain einen falschen Schritt tat, und darum hielt er sich, so gut es ging, von ihm und seinen Giftzähnen fern.

Doch das war leichter gesagt als getan. Zumal Brunner auch noch auf Guylains Henkersjob erpicht war.

»Darf ich sie heute anschalten, Monsieur Vignolles?«

Er ließ es sich nicht anmerken, aber Brunners Bitte erfüllte Guylain jedes Mal mit Genugtuung. Nein, »Mössiö« Vignolles würde ihm auch heute nicht erlauben, die Bestie anzuschalten. Und morgen und übermorgen ebenso wenig! »Mössiö« Vignolles würde ihm diesen Herzenswunsch nicht erfüllen. Finger weg vom Knopf, der die verdammte Guillotine in Gang setzte!

»Brunner, Sie wissen doch genau, dass Sie das nicht dürfen. Erst, wenn Sie die nötigen Prüfungen gemacht haben.«

Guylain liebte diesen Satz, den er gern mit etwas gespieltem Mitleid aussprach. Insgeheim fürchtete er jedoch den Tag, an dem der Idiot ihm das erforderliche Zeugnis unter die Nase halten würde. Früher oder später würde es so weit sein, und dann würde er klein beigeben müssen. Es verging keine Woche, in der Brunner Kowalski nicht darauf ansprach und ihn bat, beim Fabrikdirektor ein gutes Wort für ihn einzulegen. Bei jeder Gelegenheit lag er dem Dicken damit in den Ohren, scharwenzelte um ihn herum, »Monsieur Kowalski« hier, »Chef« da, oder steckte sein Frettchengesicht durch dessen Bürotür, um Kowalski die Stiefel zu lecken. Der falsche Fuffziger katzbuckelte, wo es nur ging. Und dem Chef gefiel das. Das Schmierentheater schmeichelte seinem Ego.

Aber egal: Wer kein Zeugnis hatte, durfte den Knopf nicht betätigen. Noch konnte sich Guylain hinter diesen Vorschriften verstecken, um Brunner in die Schranken zu weisen, selbst wenn er dabei das mulmige Gefühl hatte, die Kobra mit einem Stock zu ärgern.

»Vignolles, worauf warten Sie?! Dass die Sonne rauskommt?! Mensch, schmeißen Sie das Ding endlich an!«

Kowalskis Stimme hallte von den Wänden der Werkhalle wider. Das gläserne Refugium des Fabrikaufsehers schwebte zehn Meter über dem Boden, direkt unter dem Dach. Von dort oben hatte der Dicke wie ein kleiner Gott alles im Blick, sodass er beim geringsten Anlass aus seinem Elfenbeinturm schießen und sie von der quer durch die Halle laufenden Brücke aus zusammenstauchen konnte. Und wenn er, so wie jetzt, fand, das reiche nicht, kam er sogar die dreißig Stufen in die Halle heruntergepoltert, wobei die Metalltreppe unter seinem Doppelzentner Fett schwer ächzte.

»Verdammt, Vignolles, bewegen Sie Ihren Arsch! Draußen warten schon drei Lastwagen.«

Wie üblich hatte Félix Kowalski geschrien. Er schaffte es einfach nicht, in ganz normalem Ton zu sprechen. Jeden Morgen stürzte er sich auf den Erstbesten, der ihm über den Weg lief, und machte ihn zur Schnecke, als müsste er all die Galle, die sich über Nacht in ihm aufgestaut hatte, auf einmal verspritzen, weil er sonst daran erstickte.

Der Pechvogel war in der Regel Guylain. Brunner war zwar ein Vollidiot, aber nicht dumm: Er hatte rasch begriffen, in welcher Stimmung der Chef morgens war, und drückte sich deshalb meistens irgendwo hinter dem Stahlgehäuse der Zerstör herum, wo Kowalski ihn von oben nicht sah.

Guylain trug die Tobsuchtsanfälle inzwischen mit Fassung. Sie dauerten ohnehin nie länger als eine Minute. Er zog einfach den Kopf ein und spielte Schildkröte, bis Kowalski die Puste ausging. Oh, ja, natürlich hatte Guylain bisweilen Lust, gegen die Ungerechtigkeit aufzubegehren und den Dicken darauf hinzuweisen, dass der große Zeiger der Uhr über der Tür zur Umkleide, der einzigen Uhr, der Kowalski Autorität zusprach, noch ganze vier Minuten von der vollen Stunde entfernt war und Guylain die Standpauke nicht verdient hatte: In seinem Vertrag stand schwarz auf weiß, dass seine Arbeit um Punkt sieben und keine Minute früher begann! Trotzdem hielt Guylain lieber den Mund, denn das war die beste Strategie: Schweigend machte er auf dem Absatz kehrt und ging in Richtung Umkleide, noch bevor Kowalski seine Tirade beendet hatte.

In der Umkleide öffnete Guylain schweren Herzens die Tür seines Metallspinds. Die weißen Lettern auf seinem Blaumann leuchteten ihm aus der Dunkelheit entgegen: STAR. Die vier Buchstaben standen für »Service und Technik beim Altpapier-Recycling«. Wenn Brunner den Firmennamen gebrauchte, fügte er immer noch »Company« hinzu, das klang in seinen Ohren schicker. Das Logo des Unternehmens war die Silhouette eines fliegenden Stars. Einige dieser Vögel legten auf dem Weg in ihr Winterquartier Tausende von Kilometern zurück. Brunner, der in Ornithologie ungefähr so bewandert war wie in Religionswissenschaften, war überzeugt, dass das Logo eine Amsel darstellte. Auch was das anging, hatte Guylain ihm noch nie widersprochen. Mit einem Seufzer schlüpfte er in den Monteuranzug, schloss den Spind und holte tief Luft. In der Halle wartete die Bestie gierig auf ihr Futter.

5

Um Punkt sieben hob Guylain widerstrebend die Abdeckung des Steuerungspults. Wie so oft hatte er dabei das seltsame Gefühl, dass das Blech der Zerstör 500 unter seinen Fingern vibrierte. Auch wenn das eigentlich gar nicht sein konnte, war ihm, als bebte die Bestie vor Ungeduld, so, als könnte sie es kaum erwarten, ihr Teufelswerk zu beginnen. Sobald ihn dieses Gefühl überkam, stellte Guylain das eigenständige Denken ein, schaltete auf Autopilot und zog sich ganz auf seine Rolle als Maschinenführer zurück, eine Rolle, für die er den großzügigen Monatslohn von tausendachthundert Euro plus vierzig Euro Essenszuschlag bekam.

Von seiner Kommandobrücke aus überwachte Kowalski alles mit Argusaugen. In den nächsten Minuten las Guylain mit lauter Stimme die Checkliste vor, woraufhin Brunner die entsprechenden Knöpfe und Hebel betätigte. Einen Punkt nach dem anderen hakte Guylain ab, und als er bei der Entriegelung der Sicherheitsklappe am Ende des Trichters angekommen war, warf er höchstpersönlich einen raschen Blick hinab in die Grube.

Die Ratten hatten sich in letzter Zeit zu einer regelrechten Plage entwickelt, weshalb er sich vergewissern wollte, dass in der Nacht kein Nager Kamikaze gespielt hatte. Der Gestank, der aus dem Bauch der Bestie aufstieg, machte sie anscheinend ganz wuschig, zog sie an wie eine fleischfressende Pflanze die Fliegen, und so kam es immer wieder vor, dass ein besonders dreistes Exemplar sich zu weit vorwagte. Wenn Guylain eines der Viecher in dem Loch entdeckte, ging er den Kescher aus der Umkleide holen und befreite es aus seiner misslichen Lage. Großen Dank konnte er dafür nicht erwarten: Kaum wieder auf dem Boden, machte sich das Tier schleunigst aus dem Staub und verschwand in irgendeinem Loch am Ende der Halle.

Warum er ihnen trotzdem das Leben rettete? Es war nicht so, dass Guylain die Nager besonders mochte, nein, seine Hilfsbereitschaft hatte einen anderen Grund: Er gönnte der Bestie einfach keine Extraleckerbissen. Er war sich nämlich sicher, dass sie auf die quiekenden, zappelnden Körper ganz versessen war und sie mit einem Happs verschlang, wenn sie einen davon in die Fänge bekam. Genauso wenig würde sie im Übrigen zögern, wenn ihr Guylains Hände jemals zu nahe kämen: Seit Giuseppes Unfall wusste Guylain, dass die Bestie nicht nur Rattenfleisch liebte.

Als auch die Pumpe lief und alle Schalter auf ON standen, drückte Guylain mit dem Daumen auf Brunners Objekt der Begierde: den grünen Knopf. Langsam zählte er bis fünf, dann ließ er los. So lange musste er ihn gedrückt halten, keine Sekunde mehr, keine weniger. Wenn Guylain den Finger zu früh wegnahm, sprang die Bestie nicht an, wenn er den Knopf zu lange gedrückt hielt, soff der Dieselmotor ab; ja, selbst bei einem Henkersjob kam es auf das richtige Timing an.

Der Knopf blinkte noch etwa zehn Sekunden lang, bevor er ohne Unterbrechung grellgrün zu leuchten begann. Für einen kurzen

Moment geschah erst einmal nichts, dann begann der Boden zu beben, und die Bestie stieß einen lauten Rülpser aus. Wie jeden Morgen fiel ihr das Aufwachen schwer. Sie stöhnte, grunzte und ächzte, kaum hatte sie aber den ersten Schluck Diesel zu sich genommen, kam sie dann doch in die Gänge. Vom Boden stieg ein dumpfes Grollen auf, gefolgt von einem Vibrieren, das Guylain durch Mark und Bein fuhr. Kurz darauf bebte die gesamte Fabrikhalle im Rhythmus des stampfenden Dieselmotors, und ein Höllenlärm brach los, den die Ohrenschützer an seinem Helm kaum zu dämpfen vermochten. Im Bauch der Zerstör schlug Metall auf Metall, als sich die Walzen mit den fünfhundert Hämmern in Bewegung setzten, und die messerscharfen Klingen zerschnitten frenetisch die Luft, während kochend heißes Wasser mit einem schrillen Pfeifen aus den Düsen in die Grube schoss und die ersten Dampfwolken zum Dach der Werkhalle aufstiegen, vermischt mit dem Gestank von vermodertem Papier. Die Bestie hatte Hunger.

Guylain winkte den ersten Lastwagen heran. Der Achtunddreißigtonner fuhr rückwärts an die Rampe, der Fahrer betätigte den Kipplader, und gleich darauf ergoss sich ein Schwall Bücher in einer Staubwolke auf den Hallenboden. Augenblicklich rumpelte Brunner in seinem Bulldozer heran. Hinter der verschmierten Windschutzscheibe funkelten seine Augen vor Erregung. Begierig versenkte er die riesige Schaufel in den Bücherberg und schob die erste Ladung in den Edelstahltrichter. Die ersten Bissen waren immer äußerst heikel. Die Bestie war zwar gefräßig, aber auch zickig. Je nachdem, wie sie gelaunt war, verschluckte sie sich manchmal vor lauter Gier und stellte sofort die Verdauung ein. Bis sie ausgeschaltet war, quoll ihr stählernes Maul über vor Büchern. Fast eine Stunde brauchten sie dann, um den Trichter zu leeren und die Walzen mit den fünfhundert Hämmern, die Messerwellen und das restliche Räderwerk von den Bücherleichen zu befreien, bevor sie den Dieselmotor wieder anwerfen konnten. Eine Stunde, in der Guylain schwitzend in den stinkenden Eingeweiden der Bestie herumkroch, während Kowalski von der

Überwachungsbrücke aus Zeter und Mordio schrie.

Heute war die Bestie jedoch anscheinend mit dem richtigen Kolben aufgestanden. Genüsslich ließ sie sich mit der ersten Ladung Bücher füttern und schluckte sie hinunter, ohne auch nur einmal aufzustoßen. Froh, endlich etwas zu tun zu bekommen, zermahlten die Hämmer eifrig alles, was zwischen die beiden Walzen kam. Selbst teuren Ledereinbänden und hochwertigen Klebebindungen machten sie binnen Sekunden den Garaus. Das kochend heiße Wasser, das aus den Düsen am Rand der Grube spritzte, spülte die losen Seiten hinunter, die sich der Vernichtung noch zu widersetzen versuchten. Zu Tausenden verschwanden die Bücher so im Bauch der Bestie, wo dann die Messerwellen zum Einsatz kamen und alles zu feinen Papierschnipseln zerschredderten. Ganz zum Schluss machte das Rührwerk des Edelstahlmischers aus allem einen dicken Brei.

Von der Ladung Bücher, die gerade noch auf dem Boden der Werkhalle gelegen hatte, blieb letztlich nichts übrig als eine graue

Masse, die die Bestie mit widerlichem Furzen als dampfende Haufen in den Container an ihrem Hinterteil ausschied. Besagter Papierbrei diente als Rohstoff für die Herstellung neuer Bücher – von denen ein nicht unwesentlicher Teil früher oder später erneut im Trichter der Zerstör 500 landen würde. So gesehen, war die Bestie eine Kannibalin, die ihre eigene Scheiße fraß.

Wenn Guylain die zähflüssige Masse sah, die die Maschine unentwegt ausschied, musste er oft an den Satz denken, den der alte Giuseppe ihm noch drei Tage vor seinem Unfall zugeraunt hatte: »Denk immer dran, mein Junge: Wir sind für die Buchverlage das, was das Arschloch für den menschlichen Körper ist!«

Während der zweite Lastwagen seine Fuhre entlud, stieß die Bestie eine Reihe stinkender Pupser aus, und ihre Hämmer, an denen wie Essensreste noch ein paar zerfetzte, triefende Seiten klebten, schlugen kurz ins Leere. Die Zungenspitze zwischen den Zähnen, trat Brunner voller Vorfreude das Gaspedal des Bulldozers durch und fuhr mit voller Wucht in den neuen Bücherberg.

6

In der Mittagspause suchte Guylain gern Zuflucht bei Yvon Grimbert. Das Wachhäuschen war für ihn eine Oase der Ruhe. Anders als Brunner, der sich selbst furchtbar gern reden hörte und überall seinen Senf dazugeben musste, sagte Yvon oft minutenlang kein Wort, in Gedanken ganz bei seiner Lektüre. Sein Schweigen war jedoch nie unangenehm, und darum konnte sich Guylain in die Stille hineingleiten lassen wie in ein wohlig warmes Bad und dabei entspannt sein belegtes Brot verzehren. In Yvons Gesellschaft schmeckte es sogar nicht ganz so nach aufgeweichter Pappe wie sonst alles, was er zu sich nahm, seit er in der Fabrik arbeitete.

Manchmal bat Yvon ihn danach, als sein Stichwortgeber zu fungieren. »Ich brauche dich als eine Art Wand«, hatte er ihm beim ersten Mal erklärt, »eine Wand, von der meine Worte abprallen.« Guylain tat ihm den Gefallen gern und gab sich große Mühe, auch wenn er oft nur Bahnhof verstand von dem, was er da vorlas. Häufig übernahm er den weiblichen Part und schlüpfte in die Figur der Andromache, Berenize oder Iphigenie, während Yvon zu großer Form auflief und mit theatralischen Gebärden den Pyrrhus, Titus oder Agamemnon gab. Der Wachmann aß nie etwas zu Mittag, ihm reichte anscheinend die geistige Nahrung seiner klassischen Verse, die er mit schwarzem Tee hinunterspülte, von dem er über den Tag verteilt mehrere Thermoskannen konsumierte.

Mit dem Schnaufen eines gestrandeten Wals kam der Lastwagen nur wenige Zentimeter vor der geschlossenen Schranke zum Stehen. Kurz wandte sich Yvon von Don Rodrigo und Chimène ab und warf einen Blick auf die Uhr, um sich zu vergewissern, dass die Anlieferzeit tatsächlich vorbei war, dann vertiefte er sich wieder in die vierte Szene des dritten Aktes von Corneilles ›Cid‹.

Den gesetzlichen Bestimmungen zufolge musste die Arbeit in der STAR zwischen zwölf und dreizehn Uhr dreißig eingestellt werden, um die Mittagsruhe der Anwohner nicht zu stören, und diese Regelung galt selbstverständlich auch für die Lastwagenfahrer, die der Bestie ihr Futter brachten. Wer zu spät kam, parkte seinen Lastwagen auf der Straße und wartete dort, bis die Maschine wieder lief.

Nur selten ignorierte jemand die Vorschriften und forderte dreist während der Mittagspause Einlass. Heute war so ein Tag. Die vielen Pferdestärken seines Achtunddreißigtonners gaben dem Fahrer wohl das Gefühl, über dem Gesetz zu stehen.

»He, was ist?! Soll ich hier etwa Wurzeln schlagen?!«, brüllte er durch das heruntergelassene Fenster und hupte ungeduldig.

Als Yvon nicht reagierte, stieg der Kerl aus und kam auf das Wachhäuschen zu.

»He, du, bist du taub oder was?!«

Ohne von seinem Buch aufzusehen, hob Yvon abwehrend die Hand, um ihm zu bedeuten, dass er gerade weitaus Besseres zu tun hatte, als sich das Genörgel eines Lkw-Fahrers anzuhören, der dazu noch so unverschämt war, ihn zu duzen. Zuerst musste er die Strophe fertig lesen, die er gerade begonnen hatte, von diesem Prinzip wich er nie ab, egal, was um ihn herum geschah. »Man darf nie mittendrin aufhören, mein Junge«, sagte er immer zu Guylain, »man muss dem Vers Wort für Wort folgen, bis einen der Schlusspunkt erlöst.«

Immer aufgebrachter, begann der Fahrer von außen gegen die Scheibe zu hämmern.

»Wird das heute noch was mit der Schranke?!«, zeterte er.

Ein Neuer, dachte Guylain. Nur ein Neuer würde sich erlauben, in so einem Ton mit Yvon Grimbert zu reden.

Der Wachmann sagte indessen noch immer kein Wort. Bedächtig legte er das Lesezeichen in seine ›Cid‹-Ausgabe aus dem Jahr 1953 und bat Guylain mit einer Geste, ihm das Karteikästchen herunterzuholen, das auf dem Regal hinter ihm stand. Darin bewahrte er die Ergebnisse seiner eigenen dichterischen Bemühungen auf. Mit dem Kästchen auf dem Schoß ging er dann seelenruhig das ihm zur Verfügung stehende Repertoire durch, während der Lkw-Fahrer ihn zornig anfunkelte.

Schließlich zog Yvon die Karteikarte mit der Nummer 24 heraus, die mit »Verspätungen und Strafen« überschrieben war. Sein schmaler Oberlippenbart bebte vor Genugtuung. Er rückte sich die Krawatte zurecht, warf noch einmal einen kurzen Blick auf den Text, um in die Rolle hineinzufinden, strich sein silbergraues Haar glatt, räusperte sich – und dann schoss Yvon Grimbert, Absolvent der Theaterakademie Alphonse Daubin in Saint-Michel-sur-l'Ognon, Jahrgang 1970, und seit 1976 stolzer Inhaber eines Jahresabonnements für die Comédie Française, seine erste Salve ab:

»Die Uhr an der Wand hat längst Mittag geschlagen /
Der emsige Zeiger tickt ohne Verzagen! /
Legt ab Euren Hochmut und hört auf zu brüllen /
Dann werd ich den Wunsch Euch vielleicht noch erfüllen!«

Der Fahrer starrte ihn völlig verdattert an. Während Yvon mit Donnerstimme den Vierzeiler rezitierte, war ihm das Kinn, auf dem ein kümmerlicher Dreitagebart spross, immer weiter auf die Brust gesackt, und sein Gesicht hatte alle Farbe verloren.

Guylain musste grinsen. Und ob das ein Neuer war: Beim ersten Mal wussten die meisten nicht, wie ihnen geschah. Yvons Verse trafen sie völlig unvorbereitet und hauten sie dermaßen um, dass sie nur noch nach Luft schnappten.

»Ein guter Vers ist scharf wie ein Degen. Und wenn man ihn dann noch richtig vorträgt, trifft er den Gegner mitten ins Herz«, hatte Yvon Guylain einmal erklärt. »Weißt du, einen exzellenten Theaterschauspieler erkennt man vor allem daran, wie gut er Verse zu deklamieren versteht. Dabei kann man nicht tricksen oder improvisieren. Dramatische Verse fordern einen ganz anders als die banale ungebundene Rede. Man muss dabei aufrecht stehen und auf seine Atmung achten, damit die Worte ungehindert fließen können. Und wie beim Liebesspiel muss man dann mit feuriger Leidenschaft jede einzelne Silbe zum Klingen bringen und darf auch nicht vergessen, die Zäsur deutlich zu markieren.«

Mit seinen neunundfünfzig Jahren war Yvon inzwischen ein wahrer Meister in der Kunst des Deklamierens. Und so erhob sich der Schrankenwärter nun zu seiner imposanten Größe von einem Meter neunzig, trat aus seinem Häuschen und schoss die zweite Salve ab:

»Wer nicht pünktlich hier auftaucht, der spürt meine Wut /
Bei geringster Verspätung, da kocht mir das Blut. /
Ich will noch mal Gnade vor Recht walten lassen /
Vielleicht gibt's einen Grund, und ich sollt' Euch nicht hassen?«

»Fortan kommt stets bitte zur richtigen Zeit /
Sonst ist es vorbei mit der Nachsichtigkeit. /
Habt acht, denn mein Zorn wird gar schrecklich Euch treffen /

Wagt's nicht, hier noch einmal zu zetern
und kläffen.«

»Ich weiß wohl, ich bin Euch gewiss nicht
geheuer /
Verscherzt's Euch mit mir, dann ist guter
Rat teuer /
So harmlos ich wirke, Ihr dürft nicht ver-
gessen /
Euer Schicksal liegt gänzlich in meinem
Ermessen!«

Der Lastwagenfahrer geriet nun regelrecht in Panik, denn vor ihm stand nicht mehr Yvon Grimbert, der unscheinbare Wachmann der STAR-Papierverwertungsfabrik, sondern der zornerfüllte Hohepriester des Tempels der Dichtkunst, dessen scharlachrote Lippen ihm das vernichtende Urteil entgegenschleuderten. Schritt für Schritt wich der junge Kerl in seinen Cowboystiefeln zurück zu seinem Volvo und suchte, so schnell er konnte, in der Fahrerkabine Schutz. Yvon ließ jedoch immer noch nicht von ihm ab. Er schwang sich auf die Trittstufe, und während der Lkw-Fahrer hektisch die Scheibe hochkurbelte, rezitierte er mit dröhnender Stimme die fünfte Strophe:

»Jetzt seid Ihr wohl wahrlich in arger Bedrängnis /
Verschämt versteckt Ihr Euch in Eurem Gefängnis /
Ihr habt nun der Torheit genügend gehuldigt /
Ich gebe erst Ruhe, wenn Ihr Euch entschuldigt.«

Geschlagen, den Kopf auf dem Lenkrad als Zeichen seiner Unterwerfung, stammelte der Kerl kleinlaut ein paar Worte, die tatsächlich wie eine Entschuldigung klangen. Erst da gab sich Yvon zufrieden, sprang wieder auf den Boden, und während er zurückstolzierte, warf er dem Mann über die Schulter noch einen allerletzten Vierzeiler zu:

»Gleich hebe ich flugs die umstrittene Schranke /
Doch möcht' ich gern hören von Euch noch ein Danke! /

Lasst hier eure Bücher und tut's mit Bravour /
Wir kümmern uns dann um die Makulatur!«

Zurück in seinem Wachhäuschen ließ Yvon seinen Worten Taten folgen und gab dem Achtunddreißigtonner den Weg frei. Mit einer Abgaswolke setzte sich der Lkw in Bewegung.

Grinsend lief Guylain hinterher, um das Abladen zu überwachen. Der Fahrer stand noch immer unter Schock: Statt auf die Rampe, kippte er fast die Hälfte der Bücher auf den Parkplatz davor.

Nachdem er seine Ladung losgeworden war, suchte der junge Kerl schleunigst das Weite. An seinem höflichen Handzeichen merkte man, dass er erleichtert war, als die Schranke sich beim Verlassen des Fabrikgeländes ohne weitere Versattacken hob. Yvon Grimbert sah nicht einmal auf: Er war längst ins Königreich Kastilien zurückgekehrt und wartete mit Chimène auf den Ansturm der Mauren.

7

Ein paar Stunden später stand die abendliche Maschinenreinigung an. Guylain hasste die Prozedur, und es kostete ihn jedes Mal eine wahnsinnige Überwindung, in den Bauch der Bestie hinunterzusteigen, um ihre Eingeweide sauber zu machen. Doch das war nun mal der Preis, den er dafür zahlen musste, um unbemerkt seinem verbotenen Treiben nachgehen zu können.

Mittlerweile konnte Guylain seine Beute nämlich nicht mehr so leicht mitgehen lassen wie früher. Giuseppes Unfall hatte Kowalski den willkommenen Vorwand geliefert, überall in der Werkhalle Überwachungskameras anbringen zu lassen. »Damit solch eine Tragödie nie wieder vorkommt«, hatte er mit kummervoller Stimme erklärt. Guylain konnte er jedoch nicht täuschen. Félix Kowalski hatte nicht einen Funken Mitleid mit Giuseppe Carminetti gehabt, denn der Alte, den er für einen nichtsnutzigen Säufer hielt, war ihm schon lange ein Klotz am Bein gewesen. Guylain hasste ihn dafür. Dafür und dass er den Unfall dann auch noch dazu genutzt hatte, sich einen lang gehegten Traum zu erfüllen: Durch die Installation der sechs Digitalkameras konnte der Fabrikaufseher nun den ganzen Tag jede Bewegung seiner Arbeiter kontrollieren, ohne seinen fetten Hintern auch nur eine Sekunde aus dem Ledersessel heben zu müssen.

Nachdem er die Zerstör gewissenhaft abgeschaltet hatte, stieg Guylain also auch an diesem Abend in die Schreddermaschine. Wie so oft hatte er dabei das Bild einer Ratte vor Augen, die panisch die glatte Stahlwand hochzuklettern versucht. Obwohl er wusste, dass die Bestie außer Gefecht gesetzt war, schließlich hatte er den Strom höchstpersönlich abgeschaltet und die Dieselzufuhr unterbrochen, war Guylain auf der Hut, achtete auf jede noch so kleine Vibration und war bereit, beim ersten Anzeichen, dass die Bestie zum Leben erwachte, augenblicklich die Flucht zu ergreifen. Denn wer wusste schon, ob das

Ungetüm nicht plötzlich Lust auf eine kleine Zwischenmahlzeit bekam?

Guylain löste die Verriegelung der beiden auf ihrer Achse verschiebbaren Walzen. Bevor er sich zwischen die Hämmer in den so entstandenen, zwei Meter langen Gang zwängte, brüllte er Brunner zu, er solle ihm durch die seitliche Klappe die Fettpresse, den 32er-Schraubenschlüssel und den Wasserschlauch reichen. Wie jeden Abend kam Brunner Guylains Anweisungen nur widerwillig nach: Es wurmte ihn gewaltig, dass er sich damit begnügen musste, Guylains Handlanger zu spielen, da er mit seinen ein Meter fünfundachtzig zu groß war, um selbst ins Innere der Zerstör zu steigen.

Gespannt schaltete Guylain seine Stirnlampe an. Tief im noch warmen Bauch der Bestie würde er gleich auf seine Diebesbeute stoßen. Sie erwartete ihn immer an derselben Stelle, der einzigen, die der Wasserstrahl aus den Düsen nicht erreichte: Ein paar Buchseiten blieben stets an der nassen Innenwand hinter dem Fixierarm der ersten Messerwelle kleben und entgingen so ihrem Schicksal.

Giuseppe hatte sie immer »meine Findelkinder« genannt. »Das sind die einzigen Überlebenden des Massakers, mein Junge«, hatte er Guylain mit bewegter Stimme erklärt, als er ihm vor Jahren die Stelle gezeigt hatte.

Heute waren es wieder ein knappes Dutzend. Rasch zog Guylain den Reißverschluss seines Monteuranzugs auf und schob die durchweichten Seiten behutsam unter sein enganliegendes T-Shirt, wo die Auserwählten des Tages sich an seiner Brust wärmen konnten. Danach schmierte er pflichtbewusst sämtliche Lager, verpasste der Bestie mit dem Wasserschlauch eine kräftige Darmspülung und kletterte erleichtert wieder hoch ans Licht.

Wie so oft hatte Kowalski auch an diesem Abend seinen Wanst aus dem Sessel gehievt und trat oben an der Treppe von einem Bein aufs andere. Guylain musste innerlich lachen. Sicher quälte ihn wieder der Gedanke, dass er mehrere Minuten lang keine Kontrolle über ihn gehabt hatte. Doch seine Kameras konnten noch so eifrig mit ihren roten Lichtern blinken: Der Fabrikaufseher würde nie erfahren, was er im Bauch der Bestie trieb. Und das engelhafte Lächeln, das Guylain jeden Abend auf dem Weg zur Dusche zur Schau trug, war sicher auch nicht gerade dazu angetan, Kowalski zu beruhigen. Recht geschah es ihm!

Fast zehn Minuten stand Guylain dann unter dem heißen Strahl. Er tat dies nicht nur, um den Dreck des langen Arbeitstages loszuwerden, sondern auch, um sich von dem Verbrechen der Büchervernichtung reinzuwaschen. Wenn er anschließend durch das quietschende Fabriktor auf die Straße trat, hatte er das Gefühl, geradewegs der Hölle entflohen zu sein.

8

Guylain las seinen Mitreisenden nur morgens auf dem Weg zur Arbeit vor. Abends hatte er dazu weder Kraft noch Lust. Er setzte sich auch nicht auf den orangefarbenen Klappsitz. Stattdessen holte er im Zug die noch feuchten Findelkinder hervor und bettete jedes einzelne zärtlich zwischen zwei Seiten bonbonrosa Löschpapier, damit sie über Nacht trockneten und er ihnen am nächsten Morgen die letzte Ehre erweisen konnte. Nachdem er sie in seiner Tasche verstaut hatte, schloss er die Augen, und während der Zug seine müden Knochen sanft hin und her schaukelte, kehrte in den nächsten zwanzig Minuten langsam wieder das Leben in ihn zurück, so, als ob der Schotter zwischen den Gleisen alle unangenehmen Gefühle aufzusaugen vermochte, die sich den Tag über in Guylain angesammelt hatten.

Vom Ausgang des Bahnhofs führte sein Heimweg zunächst zwei Kilometer an der Hauptstraße entlang und dann durch ein Gewirr aus schmalen Straßen. Guylain wohnte in der Allée des Charmilles Nummer 48, im dritten Stock eines in die Jahre gekommenen Mietshauses.

Sein spartanisch eingerichtetes Einzimmerapartment lag direkt unterm Dach. Der Linoleumboden war abgenutzt, die Kochnische hatte schon bessere Tage gesehen, im Bad bekam man Platzangst, und wenn der Wind den Regen so wie heute gegen das Dach drückte, tropfte es oben am Fenster herein. Im Sommer sogen die Dachziegel zudem gierig jeden Sonnenstrahl auf, sodass die sechsunddreißig Quadratmeter sich wie ein Backofen aufheizten. Trotzdem betrat Guylain seine Mansardenwohnung jeden Abend mit einem Seufzer der Erleichterung: In seinen vier Wänden war er vor sämtlichen Brunners und Kowalskis dieser Welt sicher.

Noch bevor er seine Jacke auszog, beeilte sich Guylain, seinen Mitbewohner zu begrüßen.

»Tut mir leid, dass es so spät geworden ist, aber der 18.48-Uhr-Zug hätte heute eigentlich der 19.02-Uhr-Zug heißen müssen. Ich bin total erledigt. Du weißt ja gar nicht, wie gut du es hast, alter Freund. Was würde ich drum geben, mit dir zu tauschen!«

Mit diesen Worten streute Guylain etwas Futter in das runde Glas auf seinem Nachttisch, in dem Rouget de Lisle reglos in der Mitte schwebte.

In letzter Zeit ertappte er sich immer häufiger dabei, wie er mit dem Goldfisch sprach. Er gab sich einfach gern der Vorstellung hin, dass Rouget de Lisle ihm aufmerksam zuhörte, wenn er ihm von seinem Arbeitstag erzählte. Wer einen Goldfisch zum Vertrauten hatte, konnte zwar nichts anderes erwarten als stummes Zuhören, aber manchmal bildete sich Guylain dennoch ein, dass Rouget de Lisle ihm mit den Luftblasen, die aus seinem Maul nach oben stiegen, Mut zusprach.

An diesem Abend drehte Rouget de Lisle zur Begrüßung erst mal eine Ehrenrunde und machte sich danach über die Flocken her, die an der Wasseroberfläche schwammen. Mit einem zufriedenen Lächeln sah sich Guylain in seinem kleinen Reich um. Der Anrufbeantworter blinkte hektisch. Wie erwartet, dröhnte Giuseppes Stimme aus dem Lautsprecher, als er auf die Abhörtaste drückte.

»Hallo, mein Junge!«

Giuseppe schien völlig aus dem Häuschen zu sein, sodass Guylain augenblicklich die Scham vergaß, die ihn immer dann überflutete, wenn er seinen alten Freund wieder einmal hinters Licht geführt hatte. Nach einer langen Pause, in der nur Giuseppes Schnaufen zu hören war – er schien kurz vor einem Herzinfarkt zu stehen –, war erneut seine aufgekratzte Stimme zu hören:

»Albert hat gerade angerufen. Stell dir vor, er hat wieder eines gefunden! Ruf mich an, sobald du zu Hause bist.«

Die Aufforderung duldete keinen Aufschub – und Giuseppe hob auch gleich nach dem ersten Klingeln ab. Guylain musste grinsen. Natürlich hatte der Alte seinen Anruf sehnlichst erwartet. Er stellte sich vor, wie Giuseppe den Hörer umklammerte, die unvermeidliche lindgrüne Decke über die

Beinstümpfe gebreitet, darauf der Telefonapparat.

»Wie viele sind es mittlerweile, Giuseppe?«

»Settecentocinquantanove!«

Wenn Giuseppe die Gefühle überwältigten, wechselte er automatisch in seine Muttersprache. Wie viel von seinen Beinen hatte er damit schon zurück? Beide Füße, die Unterschenkel, die Knie?

»Wie könnte ich das vergessen, Giuseppe. Nein, ich wollte wissen, wie viele Tage vergangen sind, seit er das letzte gefunden hat.«

Doch auch das wusste Guylain natürlich. Er musste nur einen Blick auf den alten Kalender neben dem Kühlschrank werfen, auf dem das Datum rot umkringelt war.

»Drei Monate und ein Tag. Es war letztes Jahr, am 22. November. Diesmal hat es ein Bekannter von ihm gefunden, der in der Müllverwertungsanlage von Livry-Gargan arbeitet. Es lag obenauf im Altpapiercontainer. Albert meinte, dass es eine wirklich gute Idee war, ein Foto davon zu machen und es überall zu verteilen. Sein Bekannter hat es an der Farbe des Einbands erkannt. So eine auffällige Farbe komme nicht oft vor, hat er ihm erklärt, er sei als Kind Ministrant gewesen, und das Messbuch des Pfarrers habe haargenau dieselbe Farbe gehabt, stell dir das mal vor. Albert zufolge ist es außerdem in einem tadellosen Zustand, abgesehen von einem leichten Fettfleck rechts oben auf dem hinteren Deckel.«

Einmal mehr beglückwünschte sich Guylain dazu, den Straßenbuchhändler vom Quai de la Tournelle zu seinem Komplizen gemacht zu haben, auch wenn er fürchtete, dass sich der große Albert, der für sein loses Mundwerk bekannt war, früher oder später Giuseppe gegenüber verplapperte.

»Ich gehe es morgen holen, Giuseppe, versprochen! Heute schaffe ich es nicht mehr, ich bin fix und fertig, und außerdem erwische ich den letzten Zug nicht mehr. Aber morgen ist Samstag, da habe ich alle Zeit der Welt.«

»Einverstanden, mein Junge, dann also morgen. Albert hütet es bis dahin sicher wie seinen Augapfel. Ich sag ihm Bescheid, dass du vorbeikommst.«

Beim Abendessen stocherte Guylain lustlos in seinem Reis herum. Es gefiel ihm gar nicht, seinen Freund anzulügen, und doch würde er ihm noch eine ganze Weile was vorspielen müssen. Bevor er schlafen ging, streute er Rouget de Lisle noch ein paar Flocken ins Glas und beobachtete ihn vom Bett aus bei der Verdauung. Darüber schlief er dann letztlich ein, während im Fernsehen ein Reporter von einer Revolution in einem fernen Land berichtete, von der Armut der Bevölkerung und den vielen, vielen Toten.

9

Grobe Fahrlässigkeit: So lautete das Ergebnis der internen Untersuchung knapp drei Wochen nach dem Unfall. Guylain kannte den Urteilsspruch auswendig, da er über dessen Bedeutung noch lange gegrübelt hatte: »Der tragische Unfall, dem Monsieur Carminetti, seit achtundzwanzig Jahren Maschinenführer der STAR, zum Opfer gefallen ist, ist auf dessen grobe Fahrlässigkeit zurückzuführen; unmittelbar nach dem Unfall ist bei besagtem Vorarbeiter zudem ein Blutalkoholwert von zwei Promille festgestellt worden.«

Der Alkohol war Giuseppes Untergang gewesen, davon war Guylain überzeugt. Damit bekamen die von der STAR beauftragten Anwälte und Gutachter das passende Argument quasi auf dem Silbertablett serviert und konnten ihm die Alleinschuld aufbürden, ohne nach den wahren Ursachen des Unglücks forschen zu müssen. Gewieft, wie sie waren, konnte sich Giuseppe noch glücklich schätzen, dass die Aasgeier ihm nicht auch noch den zerfetzten Monteuranzug und die Ausfallzeit der Bestie in Rechnung gestellt hatten.

Dabei hatte die Zerstör gerade mal eine Dreiviertelstunde stillgestanden, keine Minute länger. So lange hatte die Feuerwehr gebraucht, um den vor Schmerz brüllenden, wild um sich schlagenden Giuseppe aus den Eingeweiden der Maschine zu befreien, während sich das Papier um ihn herum mit seinem Blut vollsog. Als sie ihn endlich herausziehen konnten, war er nahezu ohnmächtig, und von seinen Beinen waren nur noch zwei blutige Stummel übrig.

Giuseppes markerschütternde Schreie waren noch nicht verhallt, sogar die Türen des Notarztwagens standen noch offen, als Kowalski höchstpersönlich das Monstrum wieder in Gang setzte. *The show must go on!* Und das hatte Guylain diesem Mistkerl nie verziehen. Dem Fabrikaufseher brannte es unter den Nägeln, den Betrieb weiterlaufen, sprich, die restliche Ladung eines Achtunddreißigtonners schreddern zu lassen. So kam es, dass sich in den Eingeweiden der Zerstör der graue Papierbrei mit den blutigen Klumpen vermischte, zu denen die Beine des Maschinenführers Carminetti geworden waren – während Guylain über der Kloschüssel hing und sich die Seele aus dem Leib kotzte.

An jenem Unglückstag hatte Giuseppe eine der Wasserdüsen ersetzt und wollte gerade wieder aus der Maschine kriechen, als sich die Bestie von allein in Gang setzte und seine Beine bis zur Mitte der Oberschenkel verschlang. Der Alkohol reichte Guylain dafür nicht als Erklärung. Giuseppe beteuerte ihm hinterher, dass er sämtliche Sicherheitsvorkehrungen eingehalten hatte, und Guylain glaubte ihm. Natürlich hatte der Alte auch an jenem Tag seine übliche Dosis billigen Rotwein intus gehabt, aber er wäre nie in die Maschine geklettert, ohne vorher den Strom abzustellen. Guylain kannte Giuseppe besser als alle anderen und wusste, wie sehr er der Bestie misstraute. Er hatte ihn immer wieder vor ihr gewarnt: »Du musst dich vor ihr in Acht nehmen, mein Junge. Sie ist ein hinterhältiges Biest, und wenn wir nicht aufpassen, ereilt uns eines Tages dasselbe Schicksal wie die Ratten!«

Ja, Giuseppe hatte ebenfalls von den Ratten gewusst, auch wenn sie nie wirklich darüber geredet hatten; es war nun mal nicht leicht, Dinge anzusprechen, die der Verstand einem nicht erklären konnte. Aber sie wussten, dass der andere Bescheid wusste, und das reichte.

Nur ein einziges Mal hatte Giuseppe Kowalski davon erzählt, lange vor dem Unfall. Nachdem er eines Tages bei Arbeitsantritt das x-te Todesopfer entdeckt hatte, war er zu dem Dicken gegangen. Doch es hatte nichts gebracht. Der Chef hatte sich über seine Befürchtungen nur lustig gemacht und ihn dann brüllend zurück an die Maschine gejagt, schließlich war er im Brüllen ja Weltmeister. Giuseppe war an jenem Morgen mit ernstem Gesicht und bleich wie ein Gespenst aus Kowalskis Büro gekommen. Guylain hatte nichts gesagt. Er bereute es bis heute. Hätte er damals den Mund aufgemacht, hätten sie dem Rätsel gemeinsam auf den Grund gehen können und vielleicht ja eine Erklärung dafür gefunden, warum morgens manchmal die Überreste kleingehäckselter Ratten im Container am Hinterteil der Zerstör lagen, obwohl er am Vorabend geleert worden war. Stattdessen hatte Guylain allein Detektiv gespielt und eine Liste sämtlicher Möglichkeiten erstellt. Nach eingehender Prüfung ergaben sie alle keinen Sinn, weshalb schließlich nur noch eine Erklärung übrig blieb, so unwahrscheinlich sie auch sein mochte: Die Bestie war keine gewöhnliche Maschine, sondern erwachte von ganz allein mitten in der Nacht zum Leben, um ein lebensmüdes Nagetier zu verspeisen, das sich in ihr Maul vorgewagt hatte.

Ein Jahr nach Giuseppes Unfall kam es im Übrigen vermehrt zu Stromausfällen. Eine Überprüfung des Steuerungspults ergab, dass der Sicherheitsschalter, der die Stromzufuhr unterbrach, einen Wackelkontakt hatte, sodass selbst dann ab und zu Strom floss, wenn der Schalter auf OFF stand. Daraufhin wurde der Schalter ausgetauscht und ein zusätzliches Sicherheitssystem installiert, um weitere

Tragödien zu verhindern. Und letztlich kam die Direktion sogar zu dem Schluss, dass Giuseppe Carminetti, ehemaliger Vorarbeiter und Maschinenführer der Zerstör, vielleicht doch nicht grob fahrlässig gehandelt hatte, sondern Opfer dieses Wackelkontakts geworden war, während er sich betrüblicherweise im Inneren der Bestie befand – woraufhin Giuseppe, der sich längst mit dem Gedanken abgefunden hatte, dass er bis an sein Lebensende von Sozialhilfe leben würde, 176 000 Euro Schmerzensgeld erhielt.

»88 000 Euro pro Bein!«, hatte Giuseppe mit Tränen in der Stimme gestammelt, als Guylain an jenem Tag mit ihm telefonierte; mehr noch als das Geld schien Giuseppe vor allem glücklich zu machen, dass die Firma ihm, einem alten Säufer, letztlich doch noch Glauben schenkte.

Guylain hatte sich damals gefragt, wie so ein Gutachter einen gesundheitlichen Schaden bemaß und was wohl ein Todesfall, ein Hirnschaden oder der Verlust von Gliedmaßen wert waren. Warum bekam Giuseppe 88 000 Euro pro Bein und nicht 87 000 oder

89 000? Wurde berücksichtigt, wie lang und wie schwer ein Bein gewesen war und wofür das Unfallopfer es genutzt hatte?

Wie auch immer: Der defekte Schalter verhalf Giuseppe zwar zu seiner Entschädigung, aber er war keine Erklärung für die toten Ratten. Es brauchte mehr als einen Wackelkontakt, damit ein schwerer Dieselmotor mitten in der Nacht von ganz allein ansprang. Guylain hatte es Giuseppe zwar noch nie erzählt, aber er fand auch nach der Reparatur noch Ratten – besser gesagt, ihre Überreste. Auf dem Boden des Containers prangte immer mal wieder ein dunkelroter Blutfleck, der ihn an ein Rosenblatt erinnerte, und manchmal glitzerte mittendrin ein winziges Knopfauge wie ein Tropfen schwarzer Tinte.

Es dauerte damals fast drei Monate, bis Giuseppe sich an den schrecklichen Gedanken gewöhnt hatte, dass seine Beine nicht nachwachsen würden. Drei Monate, bis er die hässlichen Stummel akzeptierte, zwei Beinstümpfe aus rosa Fleisch und Narbengewebe, die an den knorrigen Stamm einer alten Linde denken ließen. Die Ärzte waren damit hochzufrieden; ihnen zufolge war das gut, sehr gut sogar, verglichen mit anderen Patienten, die sich nie mit der Amputation abfanden. Als Guylain Giuseppe in der Reha-Klinik besuchte und ihn in seinem nagelneuen Rollstuhl herumflitzen sah, dachte auch er, sein alter Freund hätte den Verlust seiner Beine verwunden.

»Ein Butterfly 750, Junge! Nicht mal zwölf Kilo schwer! Unglaublich, oder? Und hast du die Farbe gesehen? Veilchenblau! Ich habe ihn nur wegen der Farbe genommen. Wie findest du ihn?«

Guylain kam damals nicht umhin, übers ganze Gesicht zu grinsen: Wenn man Giuseppe so schwärmen hörte, wollte man sich auf der Stelle von der Zerstör die Beine zerhäckseln lassen, um auch so ein schnittiges Gefährt zu bekommen.

Doch schon kurze Zeit später begann Guylain, sich ernsthaft Sorgen zu machen. Denn auf einmal versicherte Giuseppe ihm bei jedem Besuch mit leuchtenden Augen:

»Du wirst schon sehen, mein Junge. Wenn

ich sie erst wiedergefunden habe, geht es mit mir schnell bergauf.«

Anfangs fürchtete Guylain, sein ehemaliger Kollege wäre mit dem Kopf gegen die Stahlwand gedonnert, als die Bestie seine Beine verschlang, und sein Verstand hätte Schaden genommen. Der Alkohol konnte es jedenfalls nicht mehr sein, nach dem Unfall hatte sein alter Freund von heute auf morgen mit dem Trinken aufgehört. Seither hatte er keinen Tropfen mehr angerührt, denn jetzt, wo er nicht mehr in der Fabrik arbeitete, musste er seinen Abscheu vor der Arbeit auch nicht mehr im Alkohol ertränken. Schließlich hatte Guylain sich ein Herz gefasst und Giuseppe gefragt, wer »sie« seien und was genau er mit »wenn er sie wiedergefunden habe« meine, auch wenn er es sich denken konnte. Giuseppe gab sich jedoch zugeknöpft, versprach aber, es ihm bald zu erzählen.

Nie würde Guylain das strahlende Gesicht seines Freundes vergessen, als dieser ihm einige Wochen später die Tür öffnete, ihm aus seinem Rollstuhl heraus ein Buch entgegenstreckte und mit bewegter Stimme sagte:

»›Obst- und Gemüsegärten wie in Großmutters Zeiten‹ von Jean-Eude Freyssinet, ISBN 2-65427-825-5, am 24. Mai 2002 in der Druckerei Ducasse Dalambert de Patin in einer Auflage von 1 300 Exemplaren gedruckt auf Recyclingpapier der Stärke 90 g/m², Charge AF87452, das Paket zu 500 Bogen, hergestellt aus Altpapierballen mit der Chargennummer 67 455 und 67 456, ausgeliefert am 16. April 2002 von der Firma STAR – Service und Technik beim Altpapier-Recycling.«

Mit fragendem Blick hatte Guylain ihm das Buch aus der Hand genommen. Der Einband hatte die Farbe von Dünnpfiff und lud nicht gerade zur Lektüre ein, trotzdem schlug er es auf und blätterte halbherzig darin herum. In den einzelnen Kapiteln ging es um die Grundlagen der Gartenarbeit. Säen, pflanzen, hacken, Unkraut jäten, ernten: Das Buch enthielt jede Menge nützliche Tipps für Hobbygärtnerinnen und -gärtner.

»Ich versteh nicht ganz: Hast du plötzlich deinen grünen Daumen entdeckt? Willst du in deiner Wohnung Gemüse anbauen?«

Angesichts seiner begriffsstutzigen Miene

krümmte sich Giuseppe vor Lachen, und erst da fiel bei Guylain der Groschen: Der 16. April 2002 war jener unheilvolle Tag gewesen, an dem die Bestie Giuseppes Beine verschlungen hatte, an dem sie seine Knochen, Sehnen und Muskeln zermalmt, kleingehäckselt, mit kochendem Wasser überbrüht und in Millionen Gewebefasern zerlegt hatte, die sich dann mit dem grauen Papierbrei vermischten, den das Monstrum in den Plastikcontainer schiss. Danach hatten seine Beine die Reise zur nächsten Verarbeitungsstufe angetreten und waren schließlich in diesem Buch gelandet – und in weiteren 1 299 Exemplaren, die aus derselben Charge Papierbrei der Firma STAR hergestellt worden waren.

Giuseppe hatte tatsächlich seine Beine wiedergefunden!

10

Obwohl er es Giuseppe versprochen hatte, fuhr Guylain am Samstag nicht nach Paris, um Albert aufzusuchen. Das hatte er auch nie vorgehabt. Guylain ging an diesem Vormittag nirgendwohin – sah man einmal von dem Besuch in der Zoohandlung zwei Straßen weiter ab, wo er Rouget de Lisles Lieblingsfutter kaufte, eine Tüte getrocknete Algen. Stattdessen holte er am frühen Nachmittag den schweren Koffer aus dem Schrank.

Manchmal sehnte Guylain sich nach den goldenen Zeiten zurück, als es noch keinen Mangel an ›Obst- und Gemüsegärten wie in Großmutters Zeiten‹ gegeben hatte. Anfangs hatte Giuseppe jede Buchhandlung im Land angeschrieben und mithilfe seiner Kreditkarte sämtliche Internetbuchhandlungen geplündert. Dann war der alte Mann auf die Idee gekommen, sein Glück auch bei den Buchhändlern am Ufer der Seine zu versuchen.

Und so rollte er dort eines schönen Tages von einem Stand zum nächsten und erzählte allen, dass er, Giuseppe Carminetti, Exalkoholiker, Exzweibeiner und Exvorarbeiter der Firma STAR, auf der Suche nach sämtlichen Exemplaren eines Gartenbuches war, in denen seine kleingehäckselten Beine steckten, und drückte jedem seine Visitenkarte in die Hand, auf deren Rückseite er fein säuberlich den Titel des Buches geschrieben hatte.

Sein Schicksal berührte die Buchantiquare sehr. Sie halfen Giuseppe gerne bei der Suche nach seinem Heiligen Gral und versprachen, sich umzuhören.

Damals fuhr Guylain nahezu jeden Samstag zu den Bouquinisten, um für seinen alten Freund die Ausbeute der Woche abzuholen. Er liebte es, am Ufer der Seine an den Verkaufsständen mit den alten Büchern, Postkarten und Kunstdrucken vorbeizuschlendern und den Ausflugsschiffen voller Touristen nachzuschauen, die über das glitzernde Wasser tuckerten. Es tat einfach gut, zu sehen, dass es trotz der Machenschaften der STAR noch eine Welt gab, in der Bücher ihren Lebensabend in mit grünem Stoff ausgeschlagenen Kästen verbrachten und im Schatten der Türme von Notre-Dame in Ruhe alt werden durften.

Auf diese Weise hatten sie knapp anderthalb Jahre nach Beginn ihrer verrückten Suche fünfhundert Exemplare zusammen, und wiederum drei Jahre später waren es siebenhundert. Kurz darauf kam es dann allerdings, wie es kommen musste. Die Quellen der Bouquinisten versiegten, der Zähler blieb bei 746 Bänden stehen – und Giuseppe versank in einer schweren Depression.

In all den Jahren war die Jagd nach den Gartenbüchern sein ganzer Lebensinhalt gewesen. Ihretwegen hatte er Nacht für Nacht die imaginären Ameisenkolonnen ertragen, die an seinen fehlenden Beinen hinauf- und hinunterkrabbelten, und tagsüber die mitleidigen Blicke ignoriert, die die Leute ihm hinterherwarfen, wenn er sich in seinem Butterfly-Rollstuhl durch die Straßen seines Viertels quälte. Von einem Tag auf den anderen verlor Giuseppe nun jegliches Interesse an seiner Umwelt und zog sich in seine vier Wände zurück.

Fast ein Jahr lang versuchte Guylain alles Mögliche, damit seinem Freund nicht auch noch der letzte Rest Lebensmut abhanden kam. Dreimal pro Woche schaute er bei ihm vorbei, zog resolut die Rollläden hoch und riss die Fenster auf, um die Sonne hereinzulassen und gründlich durchzulüften. Betont munter packte er dann den Rollstuhl und schob seinen alten Freund ins Badezimmer, wo er ihn duschte, sorgsam abtrocknete, rasierte und ihm das zerzauste Haar kämmte, bevor er das sich in der Spüle türmende Geschirr wusch und die schmutzigen Kleider einsammelte, die in der ganzen Wohnung verstreut waren. Beim Abschied drückte er Giuseppes kalte, schlaffe Hände, die dieser ihm widerstandslos überließ, und bläute ihm ein, dass er Geduld haben müsse und vor allem die Hoffnung nicht verlieren dürfe: So wie der Frost die Steine im Erdreich nach oben treibe, würden früher oder später gewiss auch die restlichen Bücher auftauchen. Doch all seine Bemühungen, den Alten aus seiner Schwermut zu reißen, waren vergeblich.

Guylain wusste nicht mehr, wie er schließlich auf die glorreiche Idee gekommen war, Jean-Eude Freyssinet zu kontaktieren. Es war ihm ein Rätsel, warum er sich nicht früher mit dem Autor von ›Obst- und Gemüsegärten wie in Großmutters Zeiten‹ in Verbindung gesetzt hatte. Seltsamerweise war aber auch sonst niemand darauf gekommen, weder Giuseppe noch die Bouquinisten.

Es war nicht schwer, Freyssinets Telefonnummer herauszufinden. Nach dem fünften Klingeln hob jedoch nicht Monsieur, sondern Madame Freyssinet ab. Mit zittriger Stimme teilte sie ihm mit, dass ihr lieber Jean-Eude leider schon vor ein paar Jahren aus dem Leben geschieden sei, während der Arbeit an seinem zweiten Werk, einer Abhandlung über Kürbisgewächse und andere bedecktsamige Pflanzen in Mitteleuropa.

Guylain ließ sich durch diese betrübliche Tatsache nicht entmutigen. Voller Sorge um seinen Freund erklärte er der Witwe freiheraus, dass zwischen den grünen Deckeln der unverkauften Exemplare von ›Obst- und Gemüsegärten wie in Großmutters Zeiten‹ weitaus mehr steckte als das geistige Erbe ihres verstorbenen Mannes, worauf Madame Freyssinet zu dem Schluss kam, dass ihr ein paar Exemplare zum Gedenken an ihren Gatten völlig reichten, und sie ihm ohne viel Federlesen den Rest ihrer Sammlung vermachte – beinahe hundert unversehrte Exemplare.

Die Bücher Giuseppe alle auf einmal zu überreichen, wäre jedoch ein schwerer Fehler gewesen. Was ihn bei der Stange gehalten hatte, war die Jagd nach ihnen gewesen. Und darum rückte Guylain das Freyssinet'sche Meisterwerk nur kleckerweise heraus – drei bis vier Exemplare pro Jahr, nie mehr. Das reichte, um die Glut in Giuseppes dunklen Augen anzufachen und seinen Jagdinstinkt wieder zu wecken.

In den Jahren zuvor war Albert Guylain als der Straßenbuchhändler mit dem größten Mundwerk aufgefallen. Der Bouquinist wusste es so geschickt einzusetzen, dass alle Touristen ihm unweigerlich auf den Leim gingen. Aus diesem Grund bat Guylain ihn um Hilfe bei der Umsetzung seines Plans. Und die kleine List funktionierte hervorragend: Sobald Guylain den Eindruck hatte, dass Giuseppe erneut in einer Depression zu versinken drohte, gab er Albert Bescheid, und der rief daraufhin Giuseppe an, um ihm vollmundig zu verkünden, dass aus einer bislang unbekannten Quelle ein neues Buch aufgetaucht sei. Auf diese Weise waren in den letzten drei Jahren ein Dutzend Exemplare in Giuseppes Besitz gelangt, ohne dass der Alte auch nur den geringsten Verdacht geschöpft hätte.

Und darum legte Guylain an diesem Samstagnachmittag wieder den verstaubten Koffer aufs Bett, ließ die Verschlüsse aufschnappen und öffnete den Deckel. Mit einem zufriedenen Lächeln betrachtete er die verbliebenen fünfundachtzig ›Obst- und Gemüsegärten wie in Großmutters Zeiten‹. Es waren genug Bücher für die nächsten zwanzig Jahre. Er nahm das erstbeste aus dem Koffer, trug es in seine Kochnische, tunkte dort ein Blatt Küchenpapier in etwas Speiseöl und betupfte damit sorgfältig die Ecke rechts oben auf dem hinteren Buchdeckel.

11

Seit zwei Jahren wohnte Giuseppe im Erdgeschoss eines Neubaus, nicht einmal zehn Minuten Fußweg von Guylains Apartment entfernt. An diesem späten Samstagnachmittag brauchte Guylain nicht einmal zu klingeln. Vom geöffneten Küchenfenster aus hatte sein Freund bereits nach ihm Ausschau gehalten und rief ihm zu, die Tür stehe offen.

So wie es in der Wohnung roch, hatte Giuseppe geputzt. Guylain zog sich im Flur die Schuhe aus und schlüpfte, dem jahrelangen Ritual treu bleibend, in Giuseppes alte Pantoffeln, diese zwei verwaisten Hausschuhe, die stets froh zu sein schienen, mal wieder ein Paar warme Füße zu spüren.

Im Wohnzimmer nahm das Regal aus Mahagoniholz eine ganze Wand ein. Akkurat aneinandergereiht standen dort 759 Exemplare ›Obst- und Gemüsegärten wie in Großmutters Zeiten‹ von Jean-Eude Freyssinet und wandten dem Betrachter ihre dunkelgrünen Rücken zu.

Giuseppes Kinder.

Guylain war jedes Mal gerührt, wenn er sah, wie der alte Mann beim Vorbeirollen mit den Fingerspitzen zärtlich über ein paar Einbände strich oder sie gewissenhaft mit seinem langen Wedel abstaubte. Ja, sie waren im wahrsten Sinne des Wortes sein eigen Fleisch und Blut. Und darum bekümmerte es ihn auch nicht, dass seine Beine in einem banalen Gartenratgeber steckten und nicht in einem Roman, der mit dem Prix Goncourt ausgezeichnet worden war: Schließlich konnte man sich seinen eigenen Nachwuchs nicht im Katalog aussuchen. Was Giuseppe allerdings schon traurig machte, waren die leeren Regalbretter weiter oben. Sie erinnerten ihn täglich daran, dass ein großer Teil seiner Kinderschar noch nicht zu ihm zurückgekehrt war.

»Und? Hast du es?!«

Giuseppe war hinter ihm ins Zimmer gerollt und packte ihn voller Ungeduld am Arm.

Mit einem beruhigenden Kopfnicken legte

Guylain ihm das Buch in den Schoß, denn er wollte seinen alten Freund nicht länger zappeln lassen.

Konzentriert drehte und wendete Giuseppe es in alle Richtungen, hielt es gegen das Licht, überprüfte die ISBN-Nummer, das Datum der Drucklegung und die Chargennummer des Papiers, blätterte darin herum, prüfte mit den Fingerspitzen die Papierstärke, roch daran, strich mit der flachen Hand über die Seiten – und drückte es zum Schluss mit einem glückseligen Lächeln an sein Herz.

Es ging Guylain jedes Mal unter die Haut, wenn Giuseppes vom Schmerz gezeichnetes Gesicht vor Freude strahlte und er seinen neuen Freyssinet unter die lindgrüne Decke schob, die seine Beinstümpfe bedeckte, um den heimgekehrten Sohn für den Rest des Abends in seinem Schoß zu wiegen. Wie Guylain wusste, tat Giuseppe das manchmal auch mit einem seiner anderen Kinder. Je nach Stimmung kam es vor, dass er morgens eines der Bücher aus dem Regal zog und den ganzen Tag damit herumfuhr.

Während Giuseppe in die Küche rollte,

machte Guylain es sich auf dem Sofa bequem. Mit dem Überreichen des Buches war es nämlich noch nicht getan: Sein italienischer Freund würde ihn nicht eher gehen lassen, bis er sein Glas Champagner getrunken hätte. Guylain konnte noch so oft wiederholen, dass er sich keine Umstände machen solle und ihm zum Anstoßen auch ein Schluck Wein oder ein Bier reichen würde, zumal Giuseppe ja eh nicht mittrank, er stieß auf taube Ohren. Giuseppe bestand darauf, zur Feier des Tages eine kleine Flasche teuren Champagner zu köpfen; ausgerechnet er, der in seinem früheren Leben nichts als billigen Fusel in sich hineingekippt hatte.

Fünf Minuten später kam Giuseppe zurück, rollte zum Couchtisch und stellte ein Sektglas und eine Piccoloflasche »Mumm Cordon Rouge« vor ihn hin, den offiziellen Champagner der Formel-1-Sieger. Noch immer strahlend vor Glück ließ er den Korken des edlen Tropfens knallen und prostete ihm mit seinem Wasserglas zu. Gleich darauf kribbelte Guylain der erste Schluck in der Kehle und erzeugte in ihm ein angenehm warmes Gefühl.

»Was hast du heute zu Mittag gegessen, mein Junge?«

Verlegen blickte Guylain zu Boden. Wie so oft am Wochenende hatte er das Mittagessen ausfallen lassen. Giuseppe kannte ihn gut genug, um zu ahnen, dass er nach der großen Schüssel Müsli und der Tasse Tee am Morgen nichts mehr zu sich genommen hatte. Den wachsamen Augen des Alten entging einfach nichts – zumal Guylains Schweigen Bände sprach.

»Dachte ich's mir doch. Deshalb habe ich dir eine Kleinigkeit vorbereitet«, erklärte Giuseppe fröhlich und verschwand wieder in der Küche.

Sein entschiedener Tonfall duldete keinen Widerspruch. Guylain blieb keine Wahl, er musste die Einladung annehmen. Wenn Giuseppe ihm »eine Kleinigkeit vorbereitete«, waren das meist Unmengen von italienischen Köstlichkeiten. Nach einem Schüsselchen Sardellen-Dip mit jeder Menge knuspriger Grissini, begleitet von einem Glas Prosecco, brachte Giuseppe ihm dieses Mal einen ganzen Teller voll hauchdünn geschnittenem Parmaschinken, zusammen mit einem Glas »Lacryma Christi del Vesuvio rosso«, denn für einen Christenmenschen gebe es doch nichts Schöneres, als sich an den Tränen des Heilands zu berauschen, erklärte Giuseppe mit einem Augenzwinkern. Zum krönenden Abschluss servierte er ihm knusprige Mandel-Amaretti und dazu ein Glas hausgemachten, eiskalten Limoncello.

Es war wieder einmal ein wahres Fest für Guylains Gaumen. Es überdeckte sogar den Geschmack von Altpapier, den er sonst ständig auf der Zunge hatte. Beim Essen unterhielten sie sich angeregt über Gott und die Welt und erzählten sich alles, was sie gerade bewegte. Vor Jahren hatte die Bestie sie einander nahegebracht, und jetzt waren sie wie Waffenbrüder, die Seite an Seite im Schützengraben gekämpft hatten.

Als Guylain sich schließlich von Giuseppe verabschiedete, war es fast ein Uhr morgens. Weder der zehnminütige Fußmarsch durch die Nacht noch die schneidende Kälte, die sich über den Pariser Vorort gelegt hatte, schafften es allerdings, ihn wieder nüchtern werden zu lassen. So gelang es ihm gerade noch, die Schuhe auszuziehen und Rouget de Lisle eine gute Nacht zu wünschen, bevor er auf sein Bett sank und in den Kleidern einschlief.

12

Unerbittlich vibrierte das Handy auf dem Nachttisch. 5.30 Uhr. Blinzelnd streckte Guylain die Hand danach aus. Das Wasser im Goldfischglas schwappte leicht. Rouget de Lisle starrte ihn aus seinen Glupschaugen an.

Montagmorgen.

Guylain reckte sich. Der Sonntag war nahezu spurlos an ihm vorübergegangen. Er war viel zu spät aufgestanden und viel zu früh schlafen gegangen. Es war ein Tag ohne alles gewesen, ohne Hunger, ohne Durst, ohne Lust auf irgendwas. So trübselig, dass er nicht mal eine Erinnerung wert war. Sie hatten sich den ganzen Tag kaum bewegt, weder Rouget de Lisle in seinem Glas noch er in seiner Einzimmerwohnung. Der verhasste Montag hatte seine Schatten vorausgeworfen.

Gähnend gab Guylain eine Prise Fischfutter ins Aquarium, zog sich an, schüttete Müsli und Milch in eine große Schüssel, würgte es mit ein paar Schlucken Tee hinunter, putzte sich mechanisch die Zähne, packte seine lederne Tasche und stieg die Treppen zur Straße hinunter. Erst die eiskalte Luft draußen machte ihn richtig wach.

Auf dem Weg zum Bahnhof zählte Guylain an diesem Morgen Straßenlaternen. Stur irgendwelche Dinge zu zählen war für ihn nämlich das beste Mittel, um zu verdrängen, was ihn erwartete. Was er zählte, war ihm dabei egal: An einem Tag waren es Gullydeckel, am nächsten parkende Autos, Mülleimer oder Haustüren. Es gab auf der Hauptstraße nichts, was nicht schon von ihm gezählt worden wäre, manchmal zählte Guylain sogar seine eigenen Schritte. Und das alles nur, um nicht an die andere Zahl zu denken, die Zahl, die Kowalski abends nach getaner Arbeit aus seinem Büro zu ihnen herunterbrüllte.

Vor der Hausnummer 154 begegnete er wie immer dem alten Mann in Pantoffeln, Schlafanzug und Regenmantel, der seinen Hund Gassi führte. Der altersschwache Pudel mit dem glanzlosen Fell tat sich mit dem Urinieren schwer, und so versuchte der Alte jeden Morgen, sein geliebtes Hündchen, das auf den Namen Balthus hörte, dazu zu überreden, seine Notdurft an der verkrüppelten Platane zu verrichten, die am Bürgersteigrand ums Überleben kämpfte. Wie jeden Morgen grüßte Guylain den Alten freundlich und tätschelte Balthus aufmunternd den Kopf. Bis zum Bahnhof waren es von hier aus nur noch zehn Straßenlaternen.

Ein paar Minuten später stand Guylain so wie jeden Morgen auf seiner weißen Linie, da zupfte ihn plötzlich jemand am Ärmel. Überrascht drehte er sich um und sah sich zwei alten Damen gegenüber, die ihm mit glänzenden Augen zunickten. Der bläuliche Schimmer ihrer sorgfältig frisierten Dauerwellen erinnerte ihn an Giuseppes Butterfly. Und irgendwie kamen sie ihm auch bekannt vor … Ja, wenn er es sich recht überlegte, war er sich ziemlich sicher, sie schon häufiger im 6.27-Uhr-Zug gesehen zu haben.

Die, die etwas weiter hinten stand, stieß die andere mit dem Ellbogen an.

»Na los, Monique. Frag schon«, wisperte sie.

Doch Monique traute sich nicht. Nervös knetete sie ihre Hände, räusperte sich, murmelte: »Ja, gleich« und »Hör auf, Josette, oder ich dreh auf der Stelle um«. Mehr kam ihr nicht über die Lippen, sosehr sie sich auch bemühte.

Voll Mitleid sah Guylain sie an. Gern hätte er ihr mit den Worten Mut gemacht, dass er genau wisse, wie schwer es sei, jemanden anzusprechen, sei der Anfang aber erst mal gemacht, gehe es meistens von ganz allein, und vor ihm, Guylain Vignolles, müsse sie doch nun wirklich keine Angst haben. Das brachte wiederum er nicht fertig. Immerhin schaffte er es aber, ihr ein ermunterndes Lächeln zu schenken, sodass Monique, die sich an ihre Handtasche klammerte wie an einen Rettungsring, schließlich doch den Sprung ins kalte Wasser wagte.

»Also … Also, wir … wir lieben es.«

»Sie lieben … was?«, fragte Guylain verwirrt.

»Na … wie Sie den Pendlern morgens im

Zug immer vorlesen. Sie machen das sehr gut. Wir könnten Ihnen stundenlang zuhören.«

»Dan… danke«, stotterte er verlegen. »Das … das ist nett von Ihnen, aber die paar Seiten … das ist nichts Besonderes.«

»Doch, das ist es! Und deshalb würden Josette und ich Sie gerne um einen Gefallen bitten. Natürlich nur, wenn Sie wollen. Wenn Sie nicht können, hätten wir volles Verständnis dafür, aber wir würden uns wirklich sehr freuen! Es müsste auch gar nicht lang sein. Und zeitlich könnten wir uns ganz nach Ihnen richten, Sie müssen nur sagen, wann es Ihnen passt.«

Während sich Moniques Wortschwall über ihn ergoss, war Guylain unwillkürlich einen Schritt zurückgewichen. Fast bedauerte er, nicht abweisender gewesen zu sein, als sie noch stumm ihre Hände geknetet hatte. Was wollten die beiden alten Damen von ihm?

»Entschuldigen Sie … aber worüber würden Sie sich sehr freuen?«, erkundigte er sich vorsichtig.

»Nun ja … wir würden uns freuen, wenn

Sie uns mal besuchen und uns etwas vorlesen würden.«

Monique hatte den Satz heruntergerattert, ohne Luft zu holen, und war zum Ende hin immer leiser geworden. Guylain starrte seine beiden betagten Groupies fassungslos an. Sie wollten ihn ganz für sich allein? Ihn, Guylain Vignolles?

»Äh, ich …«, aber Monique ließ ihn nicht ausreden.

»Allerdings sollten Sie noch wissen, dass es am Donnerstag leider nicht geht, da spielen wir Rommé. Und am Sonntag auch nicht, da kommt die Verwandtschaft. Aber an allen anderen Tagen können wir, da ist es überhaupt kein Problem. Also, wir …«

»Stopp, einen Augenblick!«, versuchte Guylain ihren Überschwang zu dämpfen, ihm ging das alles viel zu schnell. »Ich lese immer nur einzelne Seiten vor, die überhaupt nichts miteinander zu tun haben. Keine ganzen Bücher.«

»Aber das wissen wir doch. Und es stört uns überhaupt nicht. Im Gegenteil! Das ist nicht so eintönig und ermüdend und hat zudem den Vorteil, dass, wenn einem ein Text mal nicht gefällt, er höchstens eine Seite lang ist und danach gleich was anderes kommt. Wissen Sie, seit fast einem Jahr nehmen Josette und ich montags und donnerstags den 6.27-Uhr-Zug. Nur um Ihnen zuzuhören. Wir müssen dafür zwar früher als sonst aufstehen, aber das ist nicht weiter schlimm, auf diese Weise kommen wir wenigstens aus dem Haus. Zumal an diesen beiden Tagen ja auch immer Markt ist, so schlagen wir gleich zwei Fliegen mit einer Klappe.«

Es war einfach herzergreifend, wie die beiden alten Damen in ihren cremefarbenen Mänteln dastanden und ihn hoffnungsvoll ansahen. Wider Erwarten bekam Guylain Lust, sich auf ihren verrückten Einfall einzulassen und einigen seiner Findelkinder eine andere Bühne zu geben als den Großraumwagen des Regionalzugs, mit dem er jeden Morgen zur Arbeit fuhr.

»Wo wohnen Sie denn?«, fragte er, noch immer zögernd.

Für die beiden war mit dieser Frage aber anscheinend schon alles klar. Strahlend vor

Freude beglückwünschten sie sich gegenseitig.

»Ich hab's dir doch gesagt, dass er ein netter Junge ist!«, wisperte Josette Monique ins Ohr, während diese in ihrer Handtasche kramte und Guylain dann feierlich eine Visitenkarte überreichte.

Auf der Karte standen zwei Namen und eine Adresse, umrankt von pastellfarbenen Blümchen: Monique & Josette Delacôte, 7 bis, Impasse de la Butte, 93220 Gagny. Darunter war eine Zeile fein säuberlich mit schwarzem Kugelschreiber durchgestrichen.

Monique und Josette sind also vermutlich Schwestern, dachte Guylain. Aber Impasse de la Butte … das war eine gute halbe Stunde Fußweg von seiner Wohnung entfernt.

»Wir haben uns überlegt, dass wir Ihnen ein Taxi zahlen, das Sie zu uns und auch wieder zurückbringt. Wir wollen Ihnen nicht zu viel Ihrer kostbaren Zeit rauben.«

Offenbar hatten die beiden Schwestern genauestens durchdacht, mit welchen Argumenten sie ihn umgarnen konnten, bevor sie mit ihrer Bitte an ihn herangetreten waren.

»Also … ich komme gern mal vorbei«, erklärte er unsicher. »Aber eines muss von vornherein klar sein: Verstehen Sie das bitte nicht als langfristiges Engagement, sondern erst mal nur als Versuch … Ich möchte jederzeit aufhören können.«

»Aber natürlich! Davon sind Josette und ich ohnehin ausgegangen, nicht wahr, Josette? Also, wann kommen Sie?«

Auf was hatte er sich da nur eingelassen! Unter der Woche war er abends jedenfalls viel zu kaputt, um noch irgendetwas zu unternehmen.

»Ich kann nur samstags. Und auch nur am späten Vormittag.«

Kam er so aus der Sache noch einmal raus?

»Samstag passt … Ginge es um halb elf? Bei uns gibt es schon um halb zwölf Mittagessen.«

Nun fiel Guylain nichts mehr ein, was er noch hätte einwenden können, und so einigten sie sich auf den kommenden Samstag um halb elf, während der 6.27-Uhr-Zug in den Bahnhof einfuhr.

Sich in sein Schicksal ergebend, stieg Guylain ein, nahm wie immer auf dem orange-roten Klappsitz Platz, zog sein erstes Findelkind aus der Tasche – an diesem Morgen das Rezept einer klassischen Gemüsesuppe – und begann, seinen Mitreisenden vorzulesen.

Hochbeglückt hatten es sich die Delacôte-Schwestern derweil auf der nächstgelegenen Sitzbank bequem gemacht und hingen für die nächsten zwanzig Minuten wie alle anderen Pendler an seinen Lippen.

13

Wie jedes Jahr wurde die Schlange der Lastwagen vor der rot-weißen Fabrikschranke länger und länger, je näher die Pariser Buchmesse rückte. Das Herbstprogramm und die Saison der Literaturpreise des vergangenen Jahres lagen inzwischen in weiter Ferne. Jetzt ging es in den Verlagsauslieferungen ans große Reinemachen und Makulieren der unverkauften Exemplare des Winters: Das Frühjahrsprogramm der Verlage brauchte Platz in den Hochregalen – und so landeten die Altlasten vor der Schaufel von Brunners Bulldozer.

In dieser Woche erstickte Guylain deshalb geradezu in Arbeit. Von morgens bis abends rackerten sie ohne Unterlass, um der stetig wachsenden Bücherberge vor der Rampe Herr zu werden. Die großen Auffangcontainer der Zerstör füllten sich im Zwanzig-Minuten-Takt. Sie hielten die Bestie nicht einmal mehr an, wenn sie die Behälter wechselten.

»Der Quatsch braucht zu viel Zeit!«, hatte Kowalski Anfang der Woche gebellt. »Die Maschine durchlaufen zu lassen ist viel produktiver.«

Fortan standen sie also knietief im Papiermatsch, wenn sie der unablässig verdauenden Bestie den vollen Container unterm Hinterteil wegzogen, und bekamen auch noch ihre stinkenden Fürze ab.

Wenn die Fabriksirene endlich den Feierabend einläutete, war das Elend noch nicht vorbei, denn um das Maß vollzumachen, verkündete Kowalski dann, wie viele Tonnen Bücher sie an diesem Tag in den Tod geschickt hatten. Voller Stolz brüllte der Dicke die Zahl von seinem Logenplatz zu ihnen herunter. Für ihn zählte nur die Kurve, die den großen Computerbildschirm auf seinem Schreibtisch wie eine klaffende Wunde in zwei Hälften teilte, diese rote Linie zwischen der x- und der y-Achse, die die Tonnen Papierbrei im Verhältnis zu den erwirtschafteten Euros zeigte.

Nach all der Plackerei freute sich Guylain darum auf den Besuch bei den Delacôte-Schwestern. Als er am Samstag um 10.15 Uhr aus dem Haus trat, wartete das bestellte Taxi schon am Straßenrand. Kaum war er eingestiegen und hatte sein Ziel genannt, trat der Fahrer bereits aufs Gaspedal und fädelte sich in den dichten Vormittagsverkehr ein.

Knapp zehn Minuten später rollte der Wagen durch ein breites Tor auf einen von Platanen gesäumten Kiesweg. Kurz stutzte Guylain, als er das metallene Schild neben der Einfahrt sah, auf dem in goldenen Lettern »Residenz Rosengarten« stand, aber dann fiel ihm wieder ein, dass auf der Visitenkarte der Delacôte-Schwestern eine Zeile durchgestrichen gewesen war. Ihm blieb jedoch nicht viel Zeit, darüber nachzugrübeln, denn am Ende der Allee erblickte er nun ein stattliches Gebäude, an dessen Mauern rote Kletterrosen hochrankten. Vor Überraschung blieb Guylain der Mund offen stehen. Während das Taxi die letzten Meter zurücklegte, hatte er wieder Moniques Stimme im Ohr: »Bei uns gibt es schon um halb zwölf Mittagessen.« »Am Donnerstag geht es leider nicht, da spielen wir Rommé.« »Und am Sonntag auch nicht, da kommt die Verwandtschaft.« Verwundert schüttelte er den Kopf. Wie hatte er bloß glauben können, dass die beiden alten Damen irgendwo allein in einem bescheidenen Reihenhäuschen lebten …

Noch perplexer war er allerdings, als er beim Näherkommen sah, wie ihm zahlreiche alte Leute aus diversen Fenstern zuwinkten. Erst da ging ihm der ganze Kronleuchter auf: Monique Delacôte hatte mit »wir« nicht nur sich und ihre Schwester gemeint, sondern die Bewohner eines Seniorenheims!

Der Kies knirschte unter den Rädern des davonfahrenden Taxis, während Guylain mit flatterndem Herzen auf den Eingang zuging. Am liebsten hätte er auf der Stelle kehrtgemacht.

Im selben Moment ging jedoch die Tür auf, und Monique und Josette eilten ihm aufgeregt entgegen. Die beiden hatten sich herausgeputzt wie für einen Debütantinnenball.

»Wie schön, dass Sie gekommen sind! Wir hatten schon Angst, Sie würden es sich im letzten Moment anders überlegen. Die anderen können es kaum erwarten, Sie endlich kennenzulernen, wir haben ihnen schon so viel von Ihnen erzählt!«

Guylain schluckte, um den Kloß in seinem Hals loszuwerden. Wie viele mochten »die anderen« wohl sein? Voller Entsetzen stellte er sich vor, wie er gleich einem ganzen Heer alter Damen mit veilchenblau getönten Haaren gegenüberstand. Wäre er bloß im Bett geblieben und hätte den Tag damit verbracht, Rouget de Lisle beim Luftblasenproduzieren zuzusehen!

»Kommen Sie, wir stellen Sie den anderen vor … Da fällt mir ein, Sie haben uns noch gar nicht Ihren Namen verraten.«

»Guylain. Guylain Vignolles.«

»Guylain, das ist aber ein schöner Name. Findest du nicht auch, Josette?«

So wie Josette ihn anstrahlte, wäre sie vermutlich genauso hell entzückt gewesen, wenn er Gérard, Anicet oder Houcine geheißen hätte. Wie auch immer: Am Vorlesen führte nun kein Weg mehr vorbei, und so betrat Guylain mit einem gequälten Lächeln die

»Residenz Rosengarten«, flankiert von den beiden Schwestern, die sich rechts und links bei ihm untergehakt hatten.

In der großen Eingangshalle dösten auf zwei Bänken ein paar alte Männer vor sich hin. Die Residenz schien vor Kurzem erst von Grund auf saniert worden zu sein. Unpersönlich, funktional und steril, waren die drei Wörter, die Guylain spontan dazu einfielen, und mit einem Schaudern dachte er, dass die Geräusche der Gehstöcke und Rollatoren hier ganz schön von den Wänden widerhallen mussten. Seltsamerweise roch es nach nichts, nicht einmal nach Tod.

»Hier entlang«, sagte Monique und zog ihn in Richtung Aufenthaltsraum. »Und denken Sie bitte daran, schön laut zu lesen, Sie wissen schon, in unserem Alter ...«

Der Saal platzte aus allen Nähten. Die Tische waren zur Seite geschoben worden, um mehr Raum für Stühle zu schaffen. An die dreißig Senioren wandten sich Guylain zu und musterten ihn abschätzig von Kopf bis Fuß. Auch ein paar Schwestern und Pfleger sahen ihm entgegen, die an ihrem verhältnismäßig jugendlichen Alter und den rosafarbenen Kasacks zu erkennen waren.

Genau in der Mitte des Saals erwartete ihn ein schwerer Polstersessel. Guylains Herz begann noch schneller zu klopfen.

14

»Ich möchte Ihnen Monsieur Guylain Gignolle vorstellen, der uns heute ein bisschen was vorlesen wird. Seien Sie so nett und begrüßen Sie ihn mit einem herzlichen Applaus.«

Guylain lächelte nachsichtig, weil Monique seinen Namen verhunzt hatte, und nickte seinem Publikum kurz zu. Miss Delacôte number two klimperte kokett mit ihren lachsfarben geschminkten Lidern und wies mit einer einladenden Geste auf den Sessel.

Zu gern wäre Guylain lässig nach vorn geschlendert, doch vor Lampenfieber bewegte er sich steif wie ein Roboter und stolperte über seine eigenen Füße. Den Schweißtropfen auf seiner Stirn zufolge musste es in dem Saal so heiß sein wie in einem Pizzaofen, nur roch es längst nicht so lecker.

Nachdem er endlich auf dem gepolsterten Louis-Soundsoviel-Sessel Platz genommen hatte, bückte er sich, um seine Mappe mit den losen Seiten aus der Tasche zu ziehen. Als er sich wieder aufrichtete, war es im Raum mucksmäuschenstill. Sämtliche vom grauen Star getrübte Augenpaare waren erwartungsvoll auf ihn gerichtet. Hastig nahm er eines seiner Findelkinder und begann zu lesen:

> Ilsa ließ die Fliege nicht aus den Augen. Fasziniert beobachtete die Hündin das Insekt, wie es stets auf dieselbe Art und Weise aus dem weit offenen Mund des Mannes heraus- und anschließend wieder hineinflog: Der Brummer flog hoch, blieb einen Moment in der Luft stehen, in dieser seltsamen Fliegenmanier, über die Ilsa sich schon so oft geärgert hatte, änderte dann abrupt die Richtung, als wäre er in einem unsichtbaren Gefäß gefangen, und kehrte wieder zu seinem Ausgangspunkt zurück.
>
> Der Hündin war bisher noch nie aufgefallen, wie spannend das Verhalten einer Fliege war; normalerweise begnügte sie sich damit, mit einer raschen Kopf-

bewegung nach diesen herumschwirrenden schwarzen Punkten zu schnappen, wenn auch meist ohne Erfolg. Im Winter verschwanden sie kurioserweise wie durch Zauberhand, und zurück blieben nur ein paar vertrocknete Mumien auf der Fensterbank. Ja, im Winter vergaß die Hündin die Brummer völlig – bis sie im nächsten Sommer plötzlich wieder da waren.

Einmal mehr ließ sich die Fliege auf der Unterlippe des Mannes nieder, trippelte dort hin und her wie ein beflissener Wachsoldat und machte dann einen Satz auf die violett verfärbte Zunge, wo sie schließlich ganz aus Ilsas Blickfeld verschwand und in die feuchte Finsternis vordrang. Es war eine fette Schmeißfliege mit einem metallisch blau glänzenden Unterleib voller Eier, aus denen unzählige Maden schlüpfen würden, sobald der Brummer sie irgendwo in dem toten Fleisch abgelegt hätte.

Hinein, hinaus. Immer und immer wieder. Gelegentlich machte die Fliege

> auch einen Abstecher zum Marmeladenglas auf dem Tisch, und dann konnte die Hündin beobachten, wie sie ihren winzigen Rüssel in das schimmernde Johannisbeergelee tauchte. Noch immer hing der schwere Geruch von Milchkaffee in der Luft. Als die Tasse am Boden zersprungen war, war der Kaffee auf die Stuhlbeine und die Socken des Mannes gespritzt

Aus der dritten Reihe drang leises Schnarchen an Guylains Ohr. Kurz blickte er auf. Die schlafende alte Dame schien mit zurückgelegtem Kopf und offen stehendem Mund geradezu darauf zu warten, dass die Fliege auch ihr einen Besuch abstattete. Seine übrigen Zuhörer saßen vollkommen regungslos da und warteten in andächtiger Stille auf die Fortsetzung. Monique reckte freudestrahlend einen Daumen in die Höhe. Als Guylain weiterlesen wollte, war auf einmal eine zitternde Frauenstimme zu vernehmen:

»Weiß man denn, woran der Mann gestorben ist?«

Mit ihrer zaghaften Frage trat die alte Dame augenblicklich eine ganze Lawine an Mutmaßungen los.

»An einem Infarkt! Eindeutig an einem Infarkt.«

»Warum sollte der denn einen Infarkt gehabt haben? Und was für einen Infarkt überhaupt, André, kannst du uns das mal erklären?«, keifte eine Seniorin im himmelblauen Steppmorgenmantel.

Verwundert blickte Guylain von der grimmig dreinschauenden Furie zurück zu besagtem André. Was war zwischen den beiden im Argen, dass sie so reagierte? Ihre Worte hatten auf den Alten jedenfalls die Wirkung einer schallenden Ohrfeige.

»Was weiß denn ich! Vielleicht ist ihm ja ein Aneurysma geplatzt. Oder er hatte einen Herzinfarkt«, brummte André.

»Und warum ruft seine Frau dann keinen Krankenwagen?«, warf jemand ein.

»Welche Frau? Er hat keine Frau, das ist doch seine Hündin. Sie heißt Lisa«, erklärte ein Opa mit Schirmmütze besserwisserisch.

»Lisa ist doch kein Name für einen Hund.«

»Warum denn nicht? Schau dir Germaine an. Die hat ihren Kanarienvogel doch auch Roger genannt, nach ihrem verstorbenen Mann.«

Besagte Germaine rutschte verlegen auf ihrem Stuhl hin und her.

»Also, ich dachte ja, Lisa sei die Fliege«, wisperte eine ganz in Schwarz gekleidete Oma.

Bevor noch weitere solche Kommentare fielen, schaltete sich Monique ein.

»Bitte, bitte, meine Damen, meine Herren! Lassen wir Monsieur Gignal doch einfach fortfahren, da erfahren wir sicher noch ein bisschen mehr.«

Augenblicklich kehrte Ruhe ein. Kurz dachte Guylain noch, dass Miss Delacôte number one definitiv die Gabe hatte, seinen Namen variantenreich zu verballhornen, nutzte dann aber die Stille, um endlich weiterzulesen:

Als die Tasse am Boden zersprungen war, war der Kaffee auf die Stuhlbeine und die Socken des Mannes gespritzt und hatte auf dem Fußboden eine sternförmige Lache gebildet. Neben dem Kaffeegeruch nahm Ilsa jedoch auch noch einen anderen, sehr viel penetranteren Geruch wahr: den süßlich-stechenden Geruch von Blut. Er war überall, war mit ihr in dem schmalen Raum gefangen, fuhr ihr bei jedem Atemzug in die Nase, vor ihm gab es kein Entrinnen. Der Geruch machte Ilsa verrückt. Das Blut hatte sich rasch auf der Resopalplatte ausgebreitet, war um das Marmeladenglas herum zum Tischrand geflossen und von dort auf den Boden getropft. Liter um Liter war es aus dem Loch in der Schläfe des Mannes gesprudelt. Im selben Moment, da der Schuss abgegeben

»Siehst du, André! Es war kein Infarkt!«

»Pssssst!«

worden war, hatte sich Ilsa flach auf den Boden gepresst. Das Herz schlug ihr bis zum Hals, während sie auf die rauchende

Mündung der Waffe starrte, die zu ihr runter auf die Dielen gefallen war. Der Mann war wie ein Sandsack nach vorn auf den Tisch gekippt, das Gesicht in ihre Richtung gedreht, die Augen weit aufgerissen.

Drei Tage war das nun her, und seither hatten sich seine Lider nicht mehr bewegt. Zum wiederholten Male trottete die Hündin die schmale Treppe hoch zur Tür, an der sie in den letzten Tagen schon so oft verzweifelt gekratzt hatte, doch auch dieses Mal zerschrammten ihre Krallen bloß den Lack. Gierig sog Ilsa die Luft ein, die durch den schmalen Spalt unter der Tür hereindrang, feuchte, brackige Luft.

Damit endeten die ersten Seiten. Morgens im Zug zog Guylain immer gleich das nächste Findelkind heraus, aber jetzt, vielleicht wegen der tiefen Stille im Saal, hielt er kurz inne und sah hoch. Ausnahmslos alle starrten ihn fragend an, selbst die Schnarcherin war aus dem Reich der Träume zurückgekehrt, sodass

Guylain zu dem Schluss kam, dass für seine Zuhörer noch viel zu viele Rätsel einer Lösung oder zumindest eines Lösungsversuchs harrten.

»Eins ist jedenfalls klar: Es war eindeutig kein Infarkt!«, erklärte die Furie triumphierend, die André aus irgendwelchen Gründen auf dem Kieker hatte. Links von ihr hob eine andere alte Dame den Finger, worauf Monique ihr mit einem Nicken das Wort erteilte.

»War es vielleicht Selbstmord?«

»Sieht ganz danach aus, nicht wahr?«, erwiderte Guylain spontan und wurde postwendend rot, weil er sich etwas zu sagen getraut hatte.

»Auf jeden Fall hat er es mit einer Pistole im Kaliber.45 gemacht«, warf ein kleiner Dicker ein.

»Also, ich tippe da eher auf Kaliber.22«, widersprach ihm ein anderer drei Stühle weiter. »Es war von einem kleinen Loch die Rede.«

»Es könnte auch ein Luftgewehr gewesen sein«, meinte eine Greisin mit dünner Stimme, die zusammengesunken in ihrem Rollstuhl saß.

»Aber Madame Ramier«, entgegnete der Dicke milde, »wie soll man sich denn mit einem Gewehr selbst in den Kopf schießen?«

»Oder es war Mord … Aber nein, das kann eigentlich nicht sein«, sagte ein alter Herr nachdenklich.

Überraschenderweise meldete sich nun auch André wieder zu Wort.

»Wo spielt das Ganze überhaupt?«

»Ja, das würde ich auch gerne wissen. Und auch, warum der Mann das getan hat!«, rief eine Omi aus der hintersten Reihe.

»So wie ich das sehe, spielt die Geschichte auf einem Hof mitten im Wald.«

»Und warum nicht in einer Großstadt? Das kann doch genauso gut sein. In der Zeitung liest man jedes Jahr von Menschen, die tage-, wenn nicht gar wochenlang tot in ihrer Wohnung liegen, ohne dass es den Nachbarn auffällt.«

»Ihr seid auf dem Holzweg, das Ganze spielt auf einem Boot. Einem Segelboot oder einer kleinen Jacht. Es war doch von brackiger Luft die Rede. Der Mann ist mit seinem Hund aufs Meer rausgefahren und hat sich dort eine Kugel in den Schädel gejagt.«

Augenblicklich erhob sich vorne rechts lauter Protest.

»Und wo kommt mitten auf dem Meer eine Fliege her?«

Monique, die offensichtlich nicht ganz glücklich über den Verlauf der Dinge war, trat schnell zu Guylain.

»Monsieur Vignal«, raunte sie ihm zu, »vielleicht machen Sie jetzt besser weiter. Die Zeit läuft uns davon.«

»Sie haben vollkommen recht, Monette.«

»Monique. Ich heiße Monique.«

»Verzeihung, Monique«, murmelte Guylain verlegen. Jetzt fing er auch noch damit an, ihr Tick schien ansteckend zu sein!

Mit einem lauten Räuspern verschaffte sich die forschere der beiden Delacôte-Schwestern beim durcheinanderredenden Publikum Gehör und erklärte, dass sie bedauerlicherweise weitermachen und darum die Leiche, die Fliege und die Hündin auf dem Meer, im Wald, in Paris oder wo auch immer zurücklassen müssten. In diesem Moment hob eine Dame aus der ersten Reihe, die die ganze Zeit schon nervös auf ihrem Stuhl hin und her gerutscht war, die Hand.

»Ja, Gisèle?«, fragte Monique.

»Dürfte ich kurz zur Toilette?«

»Aber natürlich, Gisèle.«

Gisèle blieb allerdings nicht die Einzige. Unter Stockgeklapper und Stühlerücken erhob sich gleich ein halbes Dutzend Seniorinnen. Guylain lehnte sich zurück und sah zu, wie das kleine Grüppchen in Richtung Toiletten trippelte, rollte und humpelte. Kaum waren sie draußen, gab Monique ihm mit einem Nicken in Richtung Uhr zu verstehen, dass er dennoch weiterlesen solle.

Und so zog er auf gut Glück ein neues Findelkind aus seiner Mappe und fuhr fort:

> Das kleine Gitterfenster dämpfte den geflüsterten Redeschwall, der zu Pater Duchaussoy herüberschwappte, kaum. Seit fast zehn Minuten redete Yvonne Pinchard nun schon ohne Punkt und Komma auf ihn ein. Der weinerliche

Tonfall der guten Frau offenbarte ihre tiefe Reue. Hin und wieder murmelte der alte Pfarrer ein ermunterndes »Hm, ja«. Jahrzehnte im Amt hatten ihn zu einem wahren Meister der Kunst gemacht, seine Schäfchen ohne viele Worte zum Weitersprechen zu bewegen. Er musste nur ganz vorsichtig in die Asche blasen, schon stocherten sie von allein weiter in der Glut ihrer Sünden. Er durfte bloß nicht den Fehler begehen, sie vorschnell von ihren Verfehlungen loszusprechen. Nein, sie mussten den Weg der Reue erst ganz zum Ende gehen, bis sie unter ihrer Gewissenslast zusammenbrachen.

Bei Yvonne Pinchard war es noch nicht so weit. Obwohl die Worte nur so aus ihr heraussprudelten, würde es mindestens noch fünf Minuten dauern, bis sie das Innerste ihrer Seele nach außen gekehrt hätte. Das linke Ohr an die dünne Trennwand gelehnt, unterdrückte Pater Duchaussoy zum wiederholten Male ein Gähnen. Dass sein Magen laut knurrte, konnte er indessen nicht verhindern: Er hatte Hunger. Denn bis heute hielt er an der Gewohnheit seiner ersten Priesterjahre fest, an Tagen, an denen er abends die Beichte abnahm, nur wenig zu Abend zu essen. Ein Salat und danach ein Stück frisches Obst mussten genügen, denn die großen und kleinen Missetaten seiner Schützlinge wogen schwer. O ja, nicht umsonst sprach man von der Sündenlast: Nach zwei Stunden im Beichtstuhl fühlte er sich so schwer wie nach einem üppigen Festmahl zur Feier einer Erstkommunion. Wenn er hier zusammen mit Gott eingesperrt war, kam ihm der Beichtstuhl sogar manchmal wie der Siphon eines riesigen Waschbeckens vor, in dem sich aller erdenkliche Dreck sammelte. Seine Beichtkinder knieten nieder und hielten ihm ihre schwarzen Seelen unter die Nase, so wie sie ihre schlammverkrusteten Schuhe unter den Wasserhahn hielten. Sie wollten nur schnell die Absolution empfangen und ihre Seelen reinwaschen, sodass sie mit beschwingtem Schritt seinen Beichtstuhl verlassen konnten – während er, Pater Duchaussoy, sich danach schwerfällig aus seiner Kirche schleppte, ganz benommen von allem, was er sich hatte anhören müssen.

Doch zum Glück hatten die Jahre ihn abgestumpft. Mittlerweile nahm er seinen Pfarrkindern die Beichte ab, ohne Freude, Trauer oder sonst irgendwas dabei zu empfinden. Apathisch hörte er sich im Dämmerlicht des Beichtstuhls an, welche Sünden sie zu bekennen hatten.

Ohne genau hinzusehen, griff Guylain rasch nach einer dritten Buchseite. Wenn er jetzt eine zu lange Pause einlegte, würde sein Publikum sicher wieder zu debattieren beginnen. Die Uhr über der Flügeltür zum Foyer zeigte Viertel nach elf.

Die Tramperin hatte gesagt, ihr Name sei Gina. John hatte versucht, den Blick der jungen Lady auf sich zu ziehen, leider ohne Erfolg. Ihre Augen waren hinter einer riesigen Sonnenbrille verborgen, und zum x-ten Mal

»Warten Sie, Monsieur Vagnol!«, rief Monique. »Madame Lignon möchte Sie etwas fragen.«

Madame Lignon war eine große, sehr hagere Dame, die mittlerweile aufgestanden war. Eine leibhaftige Giacometti-Skulptur, schoss es Guylain unwillkürlich durch den Sinn.

»Aber gerne, fragen Sie nur.«

»Na los, Huguette«, ermunterte sie Miss Delacôte number one.

Huguette Lignon räusperte sich.

»Monsieur … Würden Sie mich vielleicht eine Seite lesen lassen? Ich habe fast vierzig Jahre lang an einer Grundschule unterrichtet und das Vorlesen immer sehr geliebt. Sie würden mir damit eine große Freude machen.«

Eilfertig sprang Guylain auf.

»Aber natürlich, Madame Lignon. Kommen Sie, setzen Sie sich hierher.«

Resolut nahm sie ihm mit ihren klauenartigen Fingern das Blatt aus der Hand und ließ sich in seinem Sessel nieder. Mit stocksteifem Rücken, die Bluse bis oben hin zugeknöpft und die Nickelbrille vorn auf dem Nasenrücken wirkte sie tatsächlich wie der Inbegriff einer pensionierten Grundschullehrerin. In Madame Lignons Klassenzimmer kehrte augenblicklich Ruhe ein.

Ihre Stimme war erstaunlich klar, auch wenn sie leicht zitterte, was sicher der Aufregung geschuldet war:

> Die Tramperin hatte gesagt, ihr Name sei Gina. John hatte versucht, den Blick der jungen Lady auf sich zu ziehen, leider ohne Erfolg. Ihre Augen waren hinter einer riesigen Sonnenbrille verborgen, und zum x-ten Mal, seit sie zu ihm in die Fahrerkabine gestiegen war, schlug sie nun die Beine übereinander, wohlgeformte, lange Beine, die kein Ende zu nehmen schienen. Das seidige Knistern ihrer Nylonstrümpfe brachte John schier um den Verstand.

Guylain, der sich neben Monique gesetzt hatte, zuckte zusammen. Augenblicklich brach ihm der Angstschweiß aus. Seit er seine Findelkinder aus den Eingeweiden der Zerstör rettete, hatte er es nie für notwendig erachtet, sich die Seiten vorweg genauer anzusehen, er las einfach vor, ohne den Inhalt der Texte zu kennen. In all den Jahren war er allerdings auch kein einziges Mal auf eine Passage gestoßen, wie sie Huguette Lignon jetzt in den Händen hielt – Huguette, die im siebten Himmel schwebte, weil sie wieder vorlesen durfte, und sich unheimliche Mühe mit der richtigen Betonung gab, die aber offenbar noch nicht gemerkt hatte, worauf das Ganze hinauslief. Ebenso wenig wie die übrigen alten Damen und Herren, die gebannt an ihren Lippen hingen …

Krampfhaft hielt er den Blick geradeaus auf die Straße gerichtet, da bat ihn diese Gina auf einmal um Feuer. Normalerweise durfte niemand in seinem Brummi rauchen, doch nun ertappte er sich dabei, wie er ihr sein Feuerzeug hinhielt.

Sie rückte näher heran, legte beide Hände um seine und zündete sich an der brennenden Flamme die Chesterfield an, die zwischen ihren Lippen steckte, vollen Lippen, deren Sinnlichkeit sie durch einen Hauch Lipgloss noch betont hatte. Schweigend beugte sie sich vor zum Aschenbecher und klappte ihn auf, wobei ihr üppiger, fester Busen wie unabsichtlich Johns muskulösen Bizeps streifte. Ein wohliger Schauer durchrieselte ihn.

Guylain schluckte heftig. Genau das hatte er befürchtet! Wenn er nicht schleunigst etwas unternahm, steuerten sie geradewegs auf eine Katastrophe zu. Er musste der Lesung ein Ende bereiten, bevor John und Gina sich nackt in der Schlafkabine des Trucks wälzten, und bei dem Tempo, das die beiden vorlegten, würde das garantiert noch vor dem Ende der Seite passieren!

»Madame Lignon, ich glaube, wir sollt–«

»Psssst!«, unterbrach ihn unisono die versammelte Zuhörerschaft und gab Guylain damit klar zu verstehen, dass jede Einmischung seinerseits gerade höchst unwillkommen war. Keiner der Anwesenden wollte sich auch nur *ein* Wort entgehen lassen!

Zaghaft versuchte er, Monique auf sich aufmerksam zu machen, aber auch sie war völlig von der Geschichte gefangengenommen und schüttelte nur ungehalten den Kopf. Ihre Schwester lehnte mit geschlossenen Augen an der Wand und lauschte hingerissen Huguettes Stimme, die von Satz zu Satz fester wurde und unbeirrt auf den Höhepunkt zusteuerte:

Die Berührung machte den Trucker so heiß, dass seine eh schon knapp sitzenden Jeans noch enger wurden. Diese Lady war der leibhaftige Teufel! Nach jedem Zug an ihrer Zigarette legte sie verführerisch den Kopf in ihren Nacken, blies genussvoll den Rauch zur Decke und bog dabei das Kreuz durch, sodass ihre prallen Brüste sich weit vorwölbten. Kaum hatte sie ihre Kippe ausgedrückt, nahm sie die Sonnenbrille ab und sah ihn aus tiefblauen Augen an. Langsam drehte sie ihren Körper ganz zu ihm, stützte die Ellbogen auf der Beifahrertür ab – und spreizte lasziv die Schenkel.

Da konnte John nicht mehr länger an sich halten. In einer Staubwolke brachte er den Achtunddreißigtonner auf dem Standstreifen der Route 66 zum Stehen und zog sie an der Hand nach hinten in die Schlafkabine. Mit einem Ruck zerriss er ihr das Spitzenhöschen, schob seine Zunge zwischen ihre sich willig öffnenden Lippen, während Ginas kundige Hand in seine Hose glitt und dort an seinem steifen Bolzen herumzufingern begann.

Der Gong, der zum Mittagessen rief, gepaart mit einem durchdringenden Hupen, holte die kleine Gesellschaft mit einem Schlag in die Wirklichkeit zurück. Guylains Taxi wartete vor dem Eingang. Stühle wurden gerückt, die alten Herrschaften begannen sich lebhaft zu unterhalten, und eine Omi, die sich in Erwartung des Essens schon die Serviette um den Hals gebunden hatte, fragte jeden, der ihr über den Weg lief, was eigentlich ein »steifer Bolzen« sei.

Während Guylain seine Mappe in die Tasche steckte, kamen ein paar der Senioren auf ihn zu, bedankten sich herzlich und bedauerten, dass er schon gehen musste. Ihre Wangen waren gerötet, ihre Augen glänzten. Ganz offensichtlich hatte seine und Huguettes Lesung wieder etwas Leben in die »Residenz Rosengarten« gebracht. Mit einem Lächeln versprach Guylain, am nächsten Samstag wiederzukommen – denn auch er hatte sich schon lange nicht mehr so lebendig gefühlt.

15

Es war reiner Zufall, dass er in Guylain Vignolles' Hände gelangte. Guylain hätte ihn genauso gut übersehen oder ignorieren können oder jemand anders hätte ihn vor ihm finden können. Dann wäre alles anders gekommen. Doch das Schicksal wollte es nun mal, dass er an diesem kalten Montagmorgen Guylain vor die Füße fiel. Das kleine Plastikding von der Größe eines Dominosteins musste in der Ritze seines orangefarbenen Sitzes eingeklemmt gewesen sein und rutschte auf den Boden, als er ihn herunterklappte. Im ersten Moment dachte Guylain, es wäre ein Feuerzeug, aber als er sich bückte und es aufhob, sah er, dass es sich um einen USB-Stick handelte. Einen stinknormalen, knallroten USB-Stick. Unschlüssig spielte er eine Weile damit herum. Als der Zug anfuhr, steckte er ihn kurz entschlossen in seine Jackentasche. Es war höchste Zeit, seine Mappe aus der Tasche zu ziehen und mit dem Vorlesen zu beginnen.

Unerklärlicherweise war er an diesem Morgen aber nicht mit dem Herzen dabei. Mechanisch las er ein Findelkind nach dem anderen vor und trottete dann geistesabwesend vom Bahnhof in die Fabrik. Den ganzen Tag hörte er kaum, wie Kowalski herumbrüllte, und auch Brunners arrogantes Grinsen bekam er nicht mit. Selbst Yvons Vortragskunst in der Mittagspause riss ihn nicht aus seinen Gedanken, und auf dem Heimweg im Zug vergaß er sogar, seine neuen Findelkinder zwischen Löschpapier zu betten: Den ganzen Tag ging ihm das knallrote Ding einfach nicht aus dem Sinn.

Und darum fütterte er am Abend auch nicht wie sonst als Erstes Rouget de Lisle, sondern stürzte gleich zum Tisch, schaltete seinen Laptop ein, schob den Stick in den USB-Port, öffnete mit einem Doppelklick das dazugehörige Laufwerk – und ließ ernüchtert die Schultern sinken.

Nur ein einzelner gelber Ordner war auf der großen Bildschirmfläche zu sehen, der zudem den nicht gerade verheißungsvollen Namen »Neuer Ordner« trug.

Kurz hielt Guylain inne und schüttelte den Kopf, verwundert über sich selbst. Warum war er enttäuscht? Ein unscheinbares Äußeres ließ doch noch lange nicht darauf schließen, was im Innern verborgen war. Guylain atmete tief durch, klickte zweimal auf das gelbe Symbol, woraufhin in einem neuen Fenster zweiundsiebzig Texte erschienen, abgespeichert unter den Zahlen eins bis zweiundsiebzig. In gespannter Erwartung führte Guylain den Pfeil auf die erste Datei und öffnete sie:

1.doc

Jedes Jahr zum Frühlingsanfang mache ich mich wieder ans Zählen. Einfach so, ohne besonderen Grund, nur um mich zu vergewissern, dass sich in den vergangenen zwölf Monaten nichts geändert hat. An diesem ganz speziellen Tag im Jahr, an dem die Nacht genauso lang ist wie der helle Tag, zähle ich sie wieder in der leisen Hoffnung, dass vielleicht ... ja, dass vielleicht eines Tages selbst etwas so Unveränderliches wie die Zahl der Fliesen, die mein Reich vom Boden bis zur Decke zieren, sich verändert haben könnte. Irgendwo tief in mir steckt wohl immer noch das kleine Mädchen, das wenigstens einmal im Jahr noch auf ein Wunder zu hoffen wagt, auch wenn es im Laufe seines Lebens erfahren hat, das dies ebenso sinnlos und dumm ist, wie an die Existenz eines Traumprinzen zu glauben.

Und so habe ich auch heute wieder, an diesem ganz besonderen Tag im März, früh morgens mein gefliestes Reich betreten, um bewaffnet mit Notizheft und Kugelschreiber meine rituelle Zählung vorzunehmen.

Dabei gehe ich stets nach einer strengen Logik vor: Ich beginne dort, wo ich am leichtesten rankomme, und arbeite mich dann langsam zu den weniger zugänglichen Stellen vor. Darum fange ich mit den Wänden links und rechts der Treppe an, die in mein Reich herabführt. Dann folgen die nördliche und die westliche Wand, in deren Ecke sich mein kleiner Tisch befindet. Und natürlich vergesse ich dabei auch die Abstellkammer nicht, wo die Fliesen zwischen Besen, Eimern, Lappen und Putzmittelkanistern im Dunkeln vor sich hindämmern. Anschließend sind die Damentoiletten dran. Mit der Schulter stoße ich die Schwingtür auf und zähle mit geschultem Blick sämtliche Fliesen über den Spiegeln und rings um die Waschbecken. Acht Kabinen habe ich danach noch abzuklappern, inklusive aller dunklen Ecken, bevor es ganz zum Schluss hinüber zu den Männern geht. Männer- und Frauenklo sind zwar eigentlich identisch, aber an der hinteren Wand hängen zusätzlich sechs Pissoirs, und darum gibt es doch eine Abweichung von ein paar Dutzend Fliesen. Zwischendurch muss ich natürlich immer wieder Kloschüsseln putzen gehen, aber wenn irgendwann im Laufe meines Arbeitstages alles gezählt ist, setze ich mich an meinen Tisch, hole den Taschenrechner hervor und rechne eifrig die Zahlen aus dem Notizheft zusammen.

So wie jedes Jahr hat auch heute beim Drücken der Gleich-Taste mein Herz wieder schneller geklopft. Und so wie jedes Jahr erschien auf dem Display dieselbe deprimierende Summe: exakt 14717 Fliesen. Wie oft habe ich schon davon geträumt, eines schönen Frühlingstages eine wärmere, rundere, ansehnlichere Zahl angezeigt zu bekommen. Eine Zahl mit dickbäuchigen Nullen, fülligen Achten, Sechsen oder Neunen. Selbst eine schöne Drei, gewölbt wie die ausladende Brust einer Amme, würde mich glücklich machen. 14717 wirkt dagegen wie ein Hungerhaken. Die Zahl ist mager, geradezu knöchern, und tut dem Auge mit ihren spitzen Winkeln weh. Ganz gleich, mit wie viel Wohlwollen man sie betrachtet, bleibt sie doch eine unsympathische Abfolge von Ecken und Kanten. Eine einzige zusätzliche Fliese würde genügen, um ihr eine kleine Rundung zu verleihen. Aber nein, wie in jedem Jahr sind es auch dieses Mal exakt 14 717 Fliesen. Mit einem enttäuschten Seufzer habe ich den Taschenrechner zurück in seine Hülle geschoben.

14 717 Fliesen. Und ich kenne jede einzelne genau. Trotz meiner täglichen Schwamm- und Putzmittelattacken ist die milchigweiße Glasur der meisten nach wie vor makellos, und nach dem Putzen glänzen sie wie am ersten Tag. Offen gestanden interessieren mich diese Fliesen aber am allerwenigsten; es sind viel zu viele, als dass ihre Perfektion einen besonderen Reiz auf mich ausüben könnte. Weitaus mehr faszinieren mich die Fliesen mit Kratzern, Rissen und Sprüngen oder die vergilbten, kurzum all jene, denen man ihr Alter und

den Lauf der Zeit ansieht, so wie zum Beispiel die über dem dritten Wasserhahn auf der Damentoilette, deren Glasur so abgeplatzt ist, dass die Stelle wie ein fünfzackiger Stern aussieht, oder die Fliese an der hinteren Wand, die wegen ihrer stumpfen Glasur unter ihren glänzenden Schwestern heraussticht: Sie alle verleihen meinem kleinen Reich ein liebenswertes Flair, das mir immer mal wieder ein Lächeln entlockt.

»Um einen Krieg in seiner ganzen Dimension zu verstehen, Julie, muss man sich die Verletzungen der Soldaten ansehen, nicht die Fotos der Generäle in ihren frisch gestärkten, gebügelten Uniformen«, hat meine kluge Tante irgendwann einmal gesagt, als wir vor Jahren gemeinsam die Fliesen auf Hochglanz polierten. Wie so vieles von ihr war auch das ein Rat fürs Leben. Und darum sind meine Kriegsversehrten hier für mich auch der untrügliche Beweis dafür, dass das mit der Unsterblichkeit Humbug ist.

Obwohl ihm vor Müdigkeit die Augen brannten, las Guylain den Text dreimal. Und mit jedem Mal war er mehr verzaubert. Diese Julie … das war eine Frau, die die Welt mit ähnlichen Augen sah wie er. Kurz entschlossen kochte er sich einen starken schwarzen Tee, druckte sämtliche Dateien aus, kroch mit dem Blätterstapel unter die Bettdecke und las weiter.

Guylain las bis tief in die Nacht. Er las alle zweiundsiebzig Texte, und mit jeder Seite, die er verschlang, wuchs dieses seltsame, noch nie da gewesene, kribbelige Gefühl in seinem Bauch. Erst nach vielen Stunden legte er das letzte Blatt weg, sank mit einem seligen Lächeln in den Schlaf und träumte von Julie und ihrer kleinen weißgefliesten Welt.

16

Am nächsten Morgen war alles anders als sonst. Guylain zählte auf dem Weg zum Bahnhof weder Schritte noch Platanen oder parkende Wagen. Zum ersten Mal brauchte er dieses Ablenkungsmanöver nicht, um auf andere Gedanken zu kommen. Im Morgenlicht leuchtete das Graffiti auf dem Rollladen der Buchhandlung »La Concorde« bunter als sonst, seine lederne Aktentasche hüpfte im federnden Takt seiner Schritte, und der fettige Dampf aus dem Lüftungsschacht der Metzgerei »Meyer & Sohn« machte ihm im Gegensatz zu sonst auch nichts aus. An diesem Dienstagmorgen war die Welt in Ordnung und um ihn herum schien alles zu funkeln und glitzern, nachdem in der Nacht ein Regenschauer niedergegangen war.

Mit einem fröhlichen Lächeln grüßte Guylain vor der Hausnummer 154 wie üblich den alten Mann in Pantoffeln, Schlafanzug und

Mantel, der an diesem Tag ebenfalls glänzend aufgelegt war, da Balthus seinen Baum ohne die sonstigen Mühen mit einem kräftigen Strahl begoss.

Fünf Minuten später sprang Guylain gut gelaunt die Treppe zum Bahnsteig hoch, und als er auf seiner Linie Stellung bezog, leuchtete sie auf dem grauen Beton weißer denn je. Der 6.27-Uhr-Zug fuhr überpünktlich in den Bahnhof ein, und als Guylain seinen Sitz herunterklappte, quietschte er nicht wie sonst jeden Morgen.

Kaum saß er, zog Guylain seine Mappe aus der Tasche und schlug sie auf, ganz so wie immer. Einem aufmerksamen Beobachter wäre allerdings aufgefallen, dass seine Bewegungen nicht ganz so mechanisch waren wie üblich. Sein Gesicht war auch nicht wie sonst zu einer traurigen Maske erstarrt. Und wenn der aufmerksame Beobachter dann noch ein wenig genauer hingesehen hätte, wäre ihm ins Auge gesprungen, dass er heute keine zwischen bonbonrosa Löschpapier gebettete Buchseiten dabeihatte, sondern gewöhnliche Din-A-4-Blätter. Noch bevor sich der Zug in

Bewegung setzte, begann Guylain mit ruhiger Stimme vorzulesen:

8.doc

Ich liebe die Stimmung, die frühmorgens im Einkaufszentrum herrscht. Darum bin ich meistens die Erste, die mit ihrer Chipkarte den Personaleingang aufschließt, durch den man vom Parkplatz aus direkt ins Innere gelangt. Sesam, öffne dich: Die von oben bis unten mit Graffiti besprühte Stahltür ist für mich um diese Uhrzeit so etwas wie eine magische Pforte.

Dann mache ich mich auf den Weg in mein Reich, laufe den Mittelgang entlang, wo meine Schritte von den noch heruntergelassenen Eisenrollläden der Geschäfte widerhallen. Nie werde ich vergessen, was meine Tante zu mir sagte, als ich sie mit acht Jahren zum ersten Mal zur Arbeit begleiten durfte und an ihrer Hand hier entlanggehüpft war: »Schau dich um, Prinzessin, das ist dein Palast!« Die Prinzessin ist inzwischen älter geworden, aber ihr hunderttausend Quadratmeter großer Palast hat sich in all den Jahren kaum verändert. Zu dieser frühen Stunde ist er noch wie ausgestorben und wartet auf die Ankunft seiner Untertanen.

Ganz allein ist die Prinzessin aber dennoch nicht, früher oder später begegnet sie der Palastwache. Die beiden muskelbepackten Männer vom Sicherheitsdienst drehen vor dem Ende der Nachtschicht ihre letzte Runde, und oft bleibe ich ein wenig bei ihnen stehen und kraule dem Rottweiler mit dem Maulkorb den Kopf. »Er tut gefährlich, aber eigentlich ist er ein ganz Lieber«, hat Nourredine, der Hundebesitzer, mir irgendwann mal im Vertrauen gesagt.

Nachdem wir ein paar Worte gewechselt haben, gehe ich beschwingt weiter. Ich mag diesen Moment am frühen Morgen, wenn die Welt kurz innezuhalten scheint, als müsse sie sich erst noch zwischen dem Licht des anbrechenden Tages und dem Dunkel der Nacht entscheiden; manchmal stelle ich mir sogar vor, dass sie sich eines Tages einfach nicht mehr weiterdreht und wir fortan in einer ewigen Morgendämmerung leben. In diesem Schummerlicht, das alles in zarte Pastellfarben taucht, würden die Kriege vielleicht nicht mehr ganz so grausam sein, die Hungersnöte für die Menschen irgendwie erträglicher und die Friedenszeiten dauerhafter. Das Ausschlafen am Wochenende wäre aber auch nicht mehr dasselbe, und die Abende fänden kein natürliches Ende – nur meine Fliesen würden weiterhin unverändert im kalten Neonlicht glänzen.

Dort, wo der Mittelgang auf die beiden anderen Hauptgänge trifft, empfängt mich dann das beruhigende Gluckern des großen Springbrunnens. Auf seinem Grund funkeln ein paar Münzen, die Liebespaare oder abergläubische Lottospieler ins Becken geworfen haben.

Manchmal überkommt's mich, ich bleibe kurz stehen und werfe selbst eine hinein. Einfach so, weil ich gern zusehe, wie die Münze auf die Wasseroberfläche trifft und dann glitzernd nach unten trudelt. Vielleicht aber auch, weil tief in mir noch etwas von dem achtjährigen Mädchen steckt und ich beim Werfen insgeheim darauf hoffe, dass eines Tages doch noch mein Traumprinz angeritten kommt. So ein richtiger Traumprinz, der seinen stattlichen Schimmel (einen Audi A3 oder einen Citroën DS mit Ledersitzen zum Beispiel) auf dem Parkplatz abstellt und schnurstracks in mein Reich eilt, um dort seine Notdurft zu verrichten, mich dabei erblickt und leidenschaftlich in seine Arme schließt und ein ganzes Leben lang nicht mehr loslässt … Ich muss dringend aufhören, in diesen blöden Frauenzeitschriften zu blättern, die bringen meine Östrogene nur auf dumme Gedanken.

Hinter dem Brunnen springe ich dann die fünfzehn Stufen hinunter, die zu meinem Arbeitsplatz im Untergeschoss des Einkaufszentrums führen. Mit meinem zweiten Sesam-öffne-dich-Chip lasse ich den eisernen Rollladen hochfahren, der dabei so fürchterlich ächzt und quietscht, als würde er in einer gigantischen Metallpresse zerquetscht.

Nun bleibt mir noch eine gute Stunde, bis das Einkaufszentrum seine Pforten öffnet. Und diese Stunde gehört mir ganz allein. Ich setze mich an meinen Klapptisch und überfliege das, was ich am Vortag in mein Notizheft geschrieben habe, bevor ich es in den Computer tippe. Gern stelle ich mir dabei vor, dass der Text über Nacht irgendwie nachreift. Oder aufgeht wie ein duftender Brotteig. In der morgendlichen Stille ist das Klackern der Tastatur für mich die schönste Melodie der Welt.

Wenn ich dann alles abgetippt und den Laptop wieder in seiner Hülle verstaut habe, ziehe ich mir den himmelblauen Kittel über, meine Uniform, ein scheußlicher Fummel aus Polyester, in dem ich aussehe wie eine Postangestellte aus den 70er-Jahren. Wenn das kein klarer Fall von »Kleider machen Leute« ist, dann hol mich die heilige WC-Ente, wie meine Tante sagen würde.

Anschließend ist es Zeit für mein Frühstück mit Josy. Josy (sie hasst es, wenn man sie Josiane nennt) arbeitet im Friseursalon im ersten Stock und ist das genaue Gegenteil von mir. Sie ist für die Schönheit zuständig, ich für das Eklige. Sie ist fröhlich und extrovertiert, ich bin eher ernst und schüchtern. Vielleicht verstehen Josy und ich uns gerade deshalb so gut. Wenn sie die Treppe runterkommt, ist es für mich immer ein bisschen so, als ob die Sonne aufgeht.

Jeden Morgen trinken wir zusammen Kaffee, essen ein Croissant und plaudern über Gott und die Welt. Selbstverständlich auch über unsere Kunden: Neulich hat sich Josy beispielsweise über einen mokiert, der sein Haar apfelgrün gefärbt haben wollte, während ich ihr verärgert berichtet habe, dass mir einer die Klospülung demoliert hat, weil er statt zu drücken daran gezogen hat. Josy und ich haben keine Geheimnisse voreinander. In dieser morgendlichen Viertelstunde vertrauen wir einander unsere Sehnsüchte und Träume an und kichern dabei oft wie pubertierende Teenager, bevor wir uns bis zum nächsten Morgen voneinander verabschieden. Nur dienstags kommt Josy nicht, da hat sie ihren freien Tag. Und darum kann ich die Dienstage auch nicht leiden: Irgendwas fehlt an diesem Tag, er ist fad, ganz so, als hätte man beim Kochen das entscheidende Gewürz vergessen.

Bevor Guylain am Morgen seine Einzimmerwohnung verließ, hatte er den Packen Findelkinder vom Vortag gegen die ausgedruckten Seiten getauscht. Er hatte gar nicht groß darüber nachgedacht; er brachte Julies Texte einfach nur dorthin zurück, wo er sie gefunden hatte. Guylain gefiel die Vorstellung, dass Texte und Verfasserin so vielleicht irgendwann wieder zueinanderfänden, denn vielleicht würde Julie ja eines Tages im 6.27-Uhr-Zug sitzen und ihre eigenen Geschichten hören …

36.doc

Der Dicke war heute wieder um Punkt zehn da. Ich höre ihn schon, bevor ich ihn sehe: Wie ein hirnamputiertes Nilpferd kommt er die Treppe heruntergestampft und watschelt ohne nach links oder rechts zu sehen oder Guten Tag zu sagen in die hinterste Kabine. Wortlos verschwindet er in der Nummer 8. Er nimmt nie eine andere. Ist sie besetzt, marschiert er davor auf und ab, schnaubend vor Ungeduld. Der Typ strotzt nur so vor Selbstgefälligkeit und schlechten Manieren; ich könnte wetten, er fährt auch einen dieser protzigen Pseudo-Geländewagen und stellt ihn auf dem Behindertenparkplatz ab.

Seit zwei Monaten kackt mir der Kerl nun schon täglich um zehn die Nummer 8 voll und gibt dabei ungeniert die schlimmsten Geräusche von sich. Leider habe ich es immer noch nicht geschafft, ihn dafür zur Schnecke zu machen.

Dabei hätte er es wirklich verdient. Denn wenn ich »vollkacken« sage, dann ist das nicht einfach nur so dahingesagt, nein, ich meine das wortwörtlich: Nicht nur, dass Seine Majestät nach Erledigung des Geschäfts sich nicht einmal die Mühe macht, die Spülung zu betätigen, nein, ich brauche danach auch geschlagene zehn Minuten, um die Kabine wieder einigermaßen sauber zu kriegen und Klopapier nachzufüllen, weil das Ferkel jedes Mal eine komplette Rolle verbraucht. Nicht zu fassen, wie so einer es schafft, wie aus dem Ei gepellt aus der Kabine zu kommen, mit blütenweißem Hemd und makelloser Bügelfalte.

Der Tropfen, der die Kloschüssel zum Überlaufen bringt, wie meine Tante so schön sagt, ist dann aber sein Trinkgeld. Mit einer selbstherrlichen Geste lässt der Geizhals ein läppisches Fünf-Cent-Stück auf meine Untertasse fallen. Jedes Mal versuche ich ihn dafür mit einem wütenden Blick zu bestrafen, aber leider merkt er es nie. Wortlos ist das Arschloch längst schon an mir vorbeigewatschelt; Seine Majestät registriert die Klofrau nämlich nicht mehr als die Untertasse, auf der er sein Almosen platziert. Ach, wie ich solche Typen hasse, denen es anscheinend immer gelingt, ihren Kopf aus der Schlinge zu ziehen, egal, was sie verbrochen haben. Aber eines Tages ist er dran. Denn wie heißt es so schön in der Werbung: »Willst du ihn, dann kriegst du ihn!«

Als er den Text in der Nacht zum ersten Mal gelesen hatte, war Guylain unweigerlich Félix Kowalski eingefallen. Er selbst hätte seinen Chef nicht besser beschreiben können: Er war genauso selbstgefällig wie der Kerl, der dieser Julie das Leben schwermachte. Mit einem Lächeln griff Guylain nach dem nächsten Blatt. Drei Minuten Zeit blieben ihm noch, bis der Zug in den Bahnhof einfuhr.

17

Als Guylain knapp eine Viertelstunde später durchs quietschende Fabriktor schlüpfte, wurde er von Yvon Grimbert mit folgenden Zeilen begrüßt:

»Erst geh deinen Weg unverzagt und voll Mut /
Tu das, was du tun musst, missachte die Not /
Dann stirb so wie ich einen wortlosen Tod.«

Dankbar lächelte Guylain dem Wachmann zu, bevor er schnellen Schrittes über das Fabrikgelände eilte. Es verging keine Woche, in der Yvon nicht mindestens einmal Alfred de Vignys ›Der Tod des Wolfes‹ deklamierte, um ihn mit der Erinnerung an ihr geteiltes Schicksal aufzumuntern.

An diesem Morgen beschränkte sich Brunner leider nicht wie sonst darauf, am Steuerungspult der Bestie auf ihn zu warten. Kaum sah er Guylain in Richtung Umkleideraum gehen, kam er direkt hinter ihm her. Irgendetwas musste vorgefallen sein: Während Guylain in seinen Monteuranzug schlüpfte, sprang er aufgeregt wie ein junger Hund um ihn herum.

»Spuck's schon aus. Was ist los?«, fragte Guylain schließlich genervt.

Auf die Frage hatte Brunner nur gewartet. Mit einem breiten Grinsen zog er ein Schreiben mit dem Stempel der STAR aus seiner Latzhosentasche und hielt es Guylain triumphierend unter die Nase.

»Im Mai ist es so weit, Monsieur Vignolles. Fünf Tage Bordeaux, auf Betriebskosten.«

Der Idiot hatte es tatsächlich geschafft, die Fortbildung zum Maschinenführer bewilligt zu bekommen. Bald würde er die Bestie selbst anwerfen dürfen.

Damit ging Brunners größter Traum in Erfüllung: Guylain wusste, wie sehr Brunner darauf brannte, selbst zum Henker zu werden.

Sein ekstatischer Gesichtsausdruck, wenn er der Bestie eine Schaufelladung Bücher in den Rachen warf, sprach Bände. Guylain ging er damit von Tag zu Tag mehr auf die Nerven, obwohl er versuchte, während der Arbeit jegliche Gefühlsregung zu unterdrücken. »Sieh immer nur das große Ganze, mein Junge, dann erträgt es sich leichter«, hatte Giuseppe ihm gleich am Anfang beigebracht. Bis heute hatte er damit seine Schwierigkeiten: Wenn er mal einen Moment lang nicht aufpasste, sprang ihm sofort eines der todgeweihten Bücher ins Auge, sodass er zum Hintern der Bestie laufen und dort so lange auf den grauen Brei starren musste, bis das schreckliche Bild, das sich in seine Netzhaut eingebrannt hatte, wieder verschwunden war. Ja, Guylain litt, sobald ihm bewusst wurde, was er jedem einzelnen Buch antat. Dem Widerling von Brunner dagegen bereitete die Büchervernichtung ein geradezu sadistisches Vergnügen: Manchmal zog er ein Exemplar aus dem Haufen, blätterte voller Verachtung darin herum, riss mit einem energischen Ruck den Buchdeckel ab und warf das geschändete Opfer mit einem breiten Grinsen eigenhändig in das gierige Maul der Bestie. Und da er wusste, dass Guylain das hasste, setzte er oft noch eins drauf:

»He, Monsieur Vignolles! Haben Sie gesehen?«, hörte Guylain dann seine hämische Stimme im Kopfhörer. »Ein Prix Renaudot vom letzten Jahr. Das Schätzchen hatte sogar noch seine rote Bauchbinde um. Das hilft ihm leider auch nichts mehr …«

In solchen Momenten schaltete Guylain sofort das Funkgerät aus; das verstieß zwar gegen die Betriebsordnung, aber Brunners gehässige Bemerkungen brachten seinen inneren Panzer in Gefahr, mit dem er sich in der Fabrik zu schützen versuchte.

An diesem Vormittag dauerte es allerdings wesentlich länger als sonst, bis ihn das unerbittliche Schmatzen der Zerstör zu einer seelenlose Maschine gemacht hatte, die stupide ihrem Henkersjob nachging. Seine Gedanken an Julie kamen ihm in die Quere, Stunde um Stunde.

In der Mittagspause besuchte er Yvon wie üblich in seinem Wachhäuschen. Ohne Appetit knabberte er eine Packung Cracker und trank dazu den schwarzen Tee, den der Schrankenwärter ihm ungefragt eingegossen hatte, bevor er die zweite Szene des dritten Akts von Hugos Tragödie ›Ruy Blas‹ zu deklamieren begann.

Gedankenverloren und mit geschlossenen Augen, den Kopf gegen die unter Yvons sprachmächtiger Stimme bebende Scheibe gelehnt, lauschte Guylain dem Auftritt des jungen Lakaien, der in die spanische Königin verliebt war. Plötzlich hatte er einen Geistesblitz und fuhr hoch. Was, wenn er Yvon Grimbert in den »Rosengarten« mitnähme?! Lächelnd stellte er sich vor, wie der Wachmann die höfischen Intrigen und Dramen vergangener Epochen vor den versammelten Senioren zum Besten gab. Ja, sein Freund verdiente ein richtiges Publikum, selbst wenn es nur ein Saal voll alter Herrschaften war. Ungeduldig wartete er, bis Yvon seinen Monolog beendet hatte, um ihm seine Idee zu unterbreiten.

»Ich habe Ihnen noch gar nicht erzählt, dass ich letzten Samstag in einem Seniorenwohnheim in Gagny war. Die Leute dort sind sehr nett. Ich habe ihnen eine ganze Stunde lang vorgelesen und soll nun jeden Samstag kommen. Was halten Sie davon, mich zu begleiten und auch etwas vorzutragen?«

Obwohl sie einander so nahe standen, wäre Guylain es nie in den Sinn gekommen, Yvon zu duzen. Das lag nicht am Altersunterschied: Giuseppe war um einiges älter als Yvon, und ihn duzte Guylain problemlos. Nein, das »Sie« hatte einfach den Vorteil, dass er damit Yvon ansprach, aber auch die Figur, die der Wachmann gerade verkörperte.

Yvon war sofort Feuer und Flamme. Er würde seine geliebten Verse einem richtigen Publikum vortragen! Augenblicklich begann er laut zu überlegen, welches der klassischen Dramen er in Szene setzen sollte.

Angesichts seines Überschwangs wurde Guylain allerdings etwas mulmig zumute. Vorsichtig erklärte er seinem Freund, dass er die Delacôte-Schwestern erst noch von der Idee überzeugen müsse, und möglicherweise hätten die Senioren vielleicht Mühe, den Verwicklungen eines klassischen Theaterstücks zu folgen ... Doch Yvon beruhigte ihn:

»Nicht wichtig sind Ränke, Intrigen, Verrat /
Und auch nicht des Schurken gar finstere Tat /
Die Handlung vergiss, auf den Reim kommt es an /
Allein er schlägt den Zuhörer in seinen Bann.«

Während sich Yvon mit Feuereifer daranmachte, ein umfangreiches Programm auf die Beine zu stellen, bestehend aus Dramen von Corneille, Racine und Molière, sprang Guylain mit einem Blick auf die Uhr auf. Er musste sich beeilen, denn um 13.30 Uhr stand sein jährlicher Termin beim Betriebsarzt an.

Eine totenbleiche Sprechstundenhilfe begrüßte ihn und bat ihn, sich bis auf die Unterhose auszuziehen. Sie nahm ihm die Urinprobe für die Laboruntersuchungen ab, stellte ihn auf eine Waage, überprüfte sein

Gehör und seine Augen und maß seinen Blutdruck. Fünf Minuten später rief ihn ein sonnengebräunter Arzt ins Behandlungszimmer und untersuchte ihn oberflächlich mit dem Stethoskop.

»Gut, so weit ist alles in Ordnung, Monsieur … äh … Vignolles, ah ja, hier steht es ja, Guylain Vignolles«, verkündete er anschließend. »Bis auf Ihr Gewicht, das sich am unteren Limit befindet, sind Sie topfit. Oder haben Sie irgendwelche besonderen Probleme?«

Gar nichts ist in Ordnung, Herr Doktor!, hätte Guylain am liebsten gerufen. Meine Arbeit widert mich so sehr an, dass ich mich manchmal übergeben muss und allerlei seltsame Ablenkungsstrategien entwickelt habe, ich warte seit achtundzwanzig Jahren auf die Rückkehr meines Vaters, meiner Mutter mache ich vor, dass ich eine führende Position in einer Druckerei habe, und jeden Abend erzähle ich meinem Goldfisch von meinem harten Arbeitstag. Und um das Maß vollzumachen, bin ich seit gestern auch noch auf dem besten Weg, mich in eine Frau zu verlieben, die ich noch nie im Leben gesehen habe. Kurzum, ich habe überhaupt keine »besonderen« Probleme, außer dass ich mich in allen Lebensbereichen am unteren Limit bewege, wenn Sie verstehen, was ich meine … Laut murmelte Guylain jedoch nur:

»Nein, keine Probleme.«

Mit einem zufriedenen Nicken schrieb der Arzt sein Urteil in die Personalakte. Es bestand aus einem einzigen Wort, einem Wort, das Guylain dazu verdammte, der Bestie ein weiteres Jahr Futter zu liefern: »Arbeitsfähig.«

Nach Feierabend machte sich Guylain auf den Weg zu Giuseppe. Heute war er so durcheinander, dass ihm sein Goldfisch als Gesprächspartner nicht reichte, und so schüttete er seinem alten Freund sein Herz aus: Er erzählte vom Fund des USB-Sticks, den zweiundsiebzig Dateien, die er in der vergangenen Nacht verschlungen hatte, und schwärmte von Julie, die inmitten ihrer 14717 Fliesen all die kleinen Dinge und Ereignisse, die sie Tag für Tag bewegten, in ihr Notizheft schrieb.

»Ich werde sie nie finden, Giuseppe! Ich hab keinen Namen, keine Adresse, keine Telefonnummer, ich weiß rein gar nichts über sie!«

Der alte Mann, der ihm die ganze Zeit aufmerksam zugehört hatte, schüttelte lächelnd den Kopf.

»Sei nicht so ein Pessimist, Guylain. Du weißt viel mehr, als du glaubst. Hab etwas Geduld. Meine Beine habe ich auch nicht an einem einzigen Tag zurückbekommen«, erklärte er und wies auf das Regal mit seinen Freyssinets. »Du hast den Stick doch dabei, oder? Dann lass mich die Dateien auf meinen Computer kopieren, und ich lese sie selbst noch mal. Vielleicht fällt mir ja was auf, was deine Suche eingrenzen kann. Und außerdem: So viele junge Klofrauen, die in einem Einkaufszentrum arbeiten, dürfte es im Großraum Paris nicht geben.«

Dankbar für das Angebot zog Guylain den USB-Stick aus der Tasche und folgte seinem alten Freund ins Schlafzimmer, wo dessen Laptop stand.

Als sich Guylain fünf Minuten später die

Jacke anzog, um nach Hause zu gehen, packte Giuseppe seine Hand und drückte sie fest.

»Irgendwie habe ich das Gefühl, dass auch du jetzt das im Leben gefunden hast, wonach du unbedingt suchen musst.«

18

Jeden Donnerstagabend, wenn im Fernsehen der perfekt gekleidete Nachrichtensprecher mit dem Zahnpastalächeln erschien, rief Guylain seine Mutter an. Warum gerade am Donnerstag wusste er selbst nicht, es hatte sich einfach so ergeben, ohne ersichtlichen Grund, und mit der Zeit war ein festes Ritual daraus geworden. Guylain wusste, dass seine Mutter apathisch in ihrem Wohnzimmersessel saß und auf den Fernseher starrte, von dessen Programm sie nicht mehr viel mitbekam. Seit jenem Tag im August 1984, als ihr Mann sie verlassen hatte, hatte sie jedes Interesse am Leben verloren.

Achtundzwanzig Jahre waren seither vergangen, und nicht nur sie, auch Guylain konnte immer noch nicht glauben, dass sein Vater tatsächlich tot war.

Ein paar Tage nach dem Unfall hatte der kleine Guylain ihn zum letzten Mal gesehen;

noch heute kann er sich gut an den leblosen Körper in dem großen Krankenhausbett erinnern. Fasziniert hatte er auf den Schlauch im Mund seines Vaters gestarrt und beobachtet, wie über dessen Gesicht jedes Mal ein Zucken lief, wenn sich der Blasebalg der Beatmungsmaschine rechts vom Bett zusammenzog. Ein Mann in weißem Kittel hatte sich leise mit seinem Großvater unterhalten und dabei gemurmelt, dass sein Vater wahrscheinlich bald von ihnen gehen werde. Als er zwei Tage später im Fernsehen die Astronauten sah, die in ihren Raumanzügen vor der Einstiegsrampe der Discovery in die Kamera winkten, schlug sein Herz darum auf einmal schneller. Aus ihren Helmen kam genau derselbe Schlauch wie der, den er bei seinem Vater gesehen hatte! Hinter den heruntergeklappten Visieren waren keine Gesichter zu erkennen, der kleine Guylain aber war überzeugt, dass sein Vater einer der Männer war, die schwerfällig die Rampe hochstapften und im Bauch der Raumfähre verschwanden. Am 30. August 1984 um 12.41 Uhr löste sich die Discovery mit ohrenbetäubendem Lärm von der Startrampe und trug die sechs Astronauten in den Weltraum. Als seine Großmutter eine Stunde später ins Wohnzimmer kam und ihm mit gebrochener Stimme mitteilte, dass sein Vater von ihnen gegangen sei, sagte Guylain nur: »Ich weiß.« Und darum hoffte das Kind in ihm selbst heute noch, nach all den Jahren, insgeheim, dass sein Vater eines Tages von seiner Weltraumexpedition zurückkehren würde. Denn nichts, nicht einmal die Erde, die schaufelweise auf dessen glänzenden Holzsarg gefallen war, hatte den Achtjährigen damals vom Tod seines Vaters überzeugen können.

Wie jeden Donnerstag hob seine Mutter auch diesmal erst nach dem dritten Klingeln ab. So lange brauchte sie, bis sie aus den Gedanken an ihren Mann in die Welt der Lebenden zurückgekehrt war.

»Hallo, Mama.«

»Ach, du bist es.«

Guylain musste lächeln. Jede Woche begrüßte sie ihn mit denselben Worten, der rituellen Einleitung zum großen Frage-und-Antwort-Spiel. Wie ist das Wetter in Paris?

Bist du trotz des Streiks im öffentlichen Nahverkehr gut zur Arbeit gekommen? Meist sagte er dazu nicht viel, denn in Gedanken wappnete er sich bereits für die gefürchtete Frage. Sie kam unweigerlich, auch dieses Mal:

»Und, wie läuft es mit deinen Büchern?«

Seine Mutter hatte keine Ahnung. Sie wusste nicht, dass er in einer Fabrik arbeitete, und nichts von seinem Henkersjob. Seit Jahren verschwieg er ihr, wie sein wahres Leben aussah, und erfand für sie ein anderes, besseres. Wenn er ihr von seinem Alltag erzählte, lebte er nicht mit einem Goldfisch zusammen, ernährte sich nicht ausschließlich von pappigem Müsli und dünnem Tee und verbrachte seine Zeit auch nicht damit, tonnenweise Bücher zu grauem Brei zu verarbeiten. Nein, der Guylain Vignolles, den er ihr jeden Donnerstagabend beschrieb, war stellvertretender Abteilungsleiter in einer großen Druckerei und genoss das Leben in vollen Zügen.

Von Woche zu Woche verstrickte er sich in ein immer größeres Lügennetz. Bei jedem Anruf krampfte sich sein Magen zusammen, weil er fürchtete, dass seine Mutter ihm irgendwann auf die Schliche käme, trotz der vierhundert Kilometer, die sie voneinander trennten. Nicht zuletzt deshalb besuchte er sie höchstens ein- bis zweimal pro Jahr. Die wenigen Tage verbrachte er dann zum Großteil damit, ihr aus dem Weg zu gehen. Er wich ihren Fragen aus, den bösen Erinnerungen und mied auch seine ehemaligen Schulkameraden, die ihn jahrelang *vilain guignol*, »dummer Kaspar«, genannt hatten und ihn nun mit einem jovialen Schulterklopfen fragten, ob er sich noch an sie erinnere. Und natürlich machte er auch einen großen Bogen um das Grab, an dessen Existenz er bis heute nicht glauben wollte.

Und so belog er seine Mutter auch an diesem Abend wieder und rannte dann, kaum hatte er den Hörer aufgelegt, aufs Klo, weil ihm von seinen Lügen speiübel geworden war.

19

Es herrscht ohrenbetäubender Lärm. Vom Betonboden ist nichts mehr zu sehen. Brunner und er stehen bis zu den Knien in dem stinkenden, zähflüssigen Brei und schaufeln den grauen Schlamm unermüdlich in den Rachen der Bestie. Gierig verschlingt sie ihre Beute und stößt bei jedem Happs widerliche Schmatzer aus, während alle zehn Sekunden ein Buch aus ihrem Metallhintern schießt. Kaum draußen, breitet es seine Buchdeckel aus und flattert zur Decke der Werkshalle empor. Dort kreisen bereits Hunderte von Büchern seitenschlagend in einem bedrohlichen Schwarm. Ab und zu stößt eines im Sturzflug zu ihnen herab, fliegt haarscharf an ihren Köpfen vorbei und gewinnt wieder an Höhe. Ein besonders schweres Exemplar trifft Brunner unvermittelt an der Schläfe, sodass er das Gleichgewicht verliert und in den Trichter stürzt. Verzweifelt schlägt er mit den

Armen, versinkt jedoch mit jeder Bewegung tiefer in dem grauen Brei. Im selben Moment splittern die Scheiben von Kowalskis Büro, und ein ganzes Buchgeschwader beginnt mit voller Wucht, den schwabbligen Körper ihres Chefs zu attackieren. Eine Minute lang übertönen Kowalskis panische Todesschreie den übrigen Lärm, dann ist es vorbei … Davon abgelenkt ist Guylain dem Hinterteil der Bestie zu nahe gekommen, aus dem nun ein Wörterbuch schießt und ihn am rechten Knie trifft. Guylain gerät ins Wanken, will sich auf seiner Schaufel abstützen, da zerhaut ein zweites Geschoss deren Stiel, Guylain stürzt zu Boden, er schluckt Papierbrei, schnappt nach Luft, seine Finger tasten verzweifelt nach irgendwas, das ihn vor dem Ertrinken in den Breimassen rettet, da, ein dünnes Seil …

Scheppernd fiel die schwere Nachttischlampe zu Boden und riss Rouget de Lisles Aquarium mit sich. Inmitten der tausend Scherben zappelte der Goldfisch auf dem Teppich und blähte verzweifelt die Kiemen. Mit einem Satz sprang Guylain aus dem Bett, rannte zur Spüle, füllte seine große Müslischüssel mit Wasser und warf seinen japsenden Mitbewohner hinein. Es war Rettung in letzter Sekunde. Einmal schnappte Rouget de Lisle noch heftig nach Luft, dann schwamm er los, als ob nichts gewesen wäre, sehr zu Erleichterung seines Besitzers. Guylain atmete auf – und verzog im selben Moment das Gesicht. Ein stechender Schmerz kündete vom Beginn einer Migräne. Nicht nur, dass ihm die Bestie das Leben tagsüber verdarb, nun suchte sie ihn auch noch nachts heim.

Zum Glück war bereits Wochenende, sodass er nicht früh aufstehen musste. Nachdem er zum Frühstück zwei Schmerztabletten in Wasser aufgelöst hatte, fühlte Guylain sich wieder einigermaßen auf dem Damm. Um zehn nach zehn trat er aus dem Haus. Dasselbe Taxi, derselbe Weg: Die zweite Lesung in der »Residenz Rosengarten« stand an.

Bei seiner Ankunft wurde er auf das Herzlichste empfangen. Er war noch nicht einmal aus dem Taxi gestiegen, da kam schon eine Horde älterer Damen aus dem Gebäude geschwärmt und umringte ihn aufgeregt schwatzend. Gerührt küsste er die Delacôte-Schwestern auf die Wangen. Die beiden strahlten ihn dankbar an und warfen stolze Blicke in die Runde. Eine Duftwolke aus Kölnischwasser, Haarspray und Kernseife hüllte ihn ein, während er von den anderen Damen abwechselnd mit Monsieur Vignal, Vignil, Vognal und Vagnul begrüßt wurde, oder vertraulicher mit Guillaume, Gustin oder einfach nur Guy: Monique hatte im Laufe der Woche alle mit ihrem Tick angesteckt. Guylain schüttelte rechts und links zerbrechliche Hände, die Damen tätschelten seine Wangen, verschlangen ihn mit Blicken – sie hießen ihn so begeistert willkommen, dass er darüber fast seine Kopfschmerzen vergaß. Er war »der Vorleser«, so etwas wie der Verkünder der frohen Botschaft.

Die Bewohner, die im Foyer auf den Bänken und in Rollstühlen vor sich hindämmerten, scherten sich indessen nicht um die Aufregung. Kaum einer blickte auf, während Guylain, von Josette geschoben, von Monique gezogen und umringt von seinen anderen betagten Groupies, zum Aufenthaltsraum schritt.

Als er den Raum betrat, schnappte er nach Luft. Wie am Samstag zuvor hatte man in der Mitte Platz gemacht für die Stühle, aber dieses Mal hatte man vorne zwei Tische zusammengeschoben und seinen Polstersessel darauf gestellt. Wenn das so weiterging, hätte er in einem Monat eine Theatergarderobe und in zwei Monaten eine Heldenstatue im Park.

Hinter ihm strömten die alten Herrschaften in den Raum. Sie schoben, drängelten, schubsten und stritten sich um die besten Plätze, sodass sich Monique kurz entschlossen als Platzanweiserin betätigte. Resolut wies sie den Senioren die Stühle nach dem Grad ihrer Gebrechlichkeit zu und sorgte einigermaßen für Ordnung. Es waren noch mehr Zuhörer da als beim letzten Mal. Ganz sicher lag das an John und Gina.

Als alle saßen, kletterte Guylain auf seine improvisierte Bühne. Mit einem leichten Kopfnicken bedeutete ihm Monique, dass es losgehen konnte, und Josette zwinkerte ihm aufmunternd zu.

4.doc

Wenn man in einer öffentlichen Toilette arbeitet, wo auch immer auf der Welt sie sich befinden mag, sollte man nie auf die Idee kommen, an seinem Tischchen irgendwelche Texte in einen Computer zu schreiben. Nein, man sollte von morgens bis abends Kloschüsseln schrubben, die Armaturen polieren, den Boden wischen, die Fliesen auf Hochglanz bringen und Klopapier, Seife und Handtücher nachfüllen. Nichts anderes. Denn das ist es, was die Leute von einer Klofrau erwarten: dass sie putzt, nicht, dass sie schreibt.

Wenn es nach meinen Kunden geht, darf ich gerne Buchstaben und Zahlen in Gitterkästchen füllen, sprich Kreuzworträtsel, Schwedenrätsel, Zahlenrätsel, Silbenrätsel, Logikrätsel oder Sudokus lösen. Es leuchtet ihnen auch ein, dass ich zwischendurch Groschenromane, Frauenzeitschriften oder

Fernsehzeitungen lese, wenn's gerade nichts zu putzen gibt. Aber dass ich mit meinen putzmittelgeplagten Fingern in ein Zehn-Zoll-Notebook tippe, was mir den ganzen Tag so durch den Kopf geht, das übersteigt ihren Horizont. Schlimmer noch, es erregt ihren Argwohn. Denn auf einmal verstehen sie die Welt nicht mehr, und das darf nicht sein. Da muss irgendein Missverständnis vorliegen. Oder die Personalabteilung hat geschlampt.

Anfangs habe ich ja noch versucht, meinen Computer zu benutzen. An den entgeisterten Blicken der Kunden merkte ich jedoch bald, dass es sie verwirrte, peinlich berührte oder gar abstieß. Für sie hatte ein Notebook hier unten nichts zu suchen, eine tippende junge Frau gehörte in die Welt da oben und sonst nirgendwohin. Und so musste ich schließlich der Tatsache ins Auge sehen, dass sie im Prinzip nur eines von mir wollten: dass ich ihnen das Bild, das sie von einer Klofrau hatten, eins zu eins widerspiegelte, kurzum, dass ich mich genau so verhielt, wie es meiner Rolle entsprach.

Wenn ich in meinen achtundzwanzig Lebensjahren eines gelernt habe, dann ist es das: Kleider machen Leute. Was in deinem Kopf oder deinem Herzen vor sich geht, ist den Menschen schnurzegal. Seit ich das begriffen habe, halte ich die Illusion aufrecht und täusche das vor, was sie von mir erwarten. Sie geben nun mal lieber einer jungen Frau Trinkgeld, die mit Müh und Not das Bilderrätsel einer Modezeitschrift löst und dabei angestrengt auf der Kappe ihres Kugelschreibers herumkaut, als derselben jungen Frau, die konzentriert auf einen Computerbildschirm starrt. Deshalb bekommt keiner der Toilettenbesucher mehr das Notebook zu Gesicht, während der Öffnungszeiten bleibt es schön in seiner Hülle unter meinem Stuhl.

So ist es einfacher für alle Beteiligten, bei mir angefangen. Ich muss nur wie im Theater ins Kostüm der Toilettenfrau schlüpfen und die Rolle überzeugend spielen, für die man mich bezahlt, schon sind die Leute zufrieden. Und wie meine Tante so schön sagt: »Ein zufriedener Kunde gibt mehr Trinkgeld.« Das ist übrigens Tanten-Spruch Nummer 11. Ich habe ein ganzes Heft voll mit den Lebensweisheiten meiner Tante, die ich seit der fünften Klasse sammle. Ich kann sie alle auswendig. Kostprobe gefällig? Tanten-Spruch Nummer 8: »Ein Lächeln kostet nichts, zahlt sich aber immer aus.« Nummer 14: »Zwei kleine Geschäfte ergeben noch lange kein großes.« Und zum guten Schluss noch mein Liebling, die Nummer 5: »Pipi machen ist kein Spiel.«

Schreiben tue ich trotzdem noch. Aber natürlich so, dass es niemandem auffällt. Auf meinem Klapptisch habe ich immer ein Notizbuch liegen, das ich sorgfältig unter den Hochglanzmagazinen verstecke, und zwischendurch schreibe ich immer mal wieder ein paar Sätze hinein. Es vergeht kein Tag, an dem ich nicht schreibe – denn das wäre so, als hätte ich an dem Tag nicht wirklich gelebt und mich stattdessen nur auf die Rolle beschränkt, die die Leute mir übergestülpt haben: die Rolle eines bemitleidenswerten Geschöpfs, dessen einziger Daseinszweck es ist, ihre Hinterlassenschaften zu beseitigen.

Guylain hob den Blick. Es war totenstill im Saal. Aber das Schweigen hatte nichts Bedrückendes. Den vom Alter gezeichneten Gesichtern seiner Zuhörer nach zu schließen, hatte ihnen der Ausflug in Julies weißgeflieste Welt gefallen. Guylain strahlte vor Glück, weil sie seine Begeisterung teilten.

»Wo spielt das?«, fragte jemand mit zittriger Stimme. Augenblicklich schossen zahlreiche Arme in die Höhe. Noch bevor Monique ordnend eingreifen konnte, hagelte es von allen Seiten Antworten.

»In einem Schwimmbad«, schlug einer vor.

»In einer Kurklinik«, vermutete jemand anderes.

»In einer öffentlichen Toilette«, sagte ein Glatzkopf in der ersten Reihe stockend.

»Was redest du denn da, Maurice, das wissen wir doch längst. Was wir nicht wissen, ist, *wo* sich diese öffentliche Toilette befindet. Die gibt's nämlich an allen möglichen Orten.«

»O ja, in einem Theater zum Beispiel«, rief André begeistert. »Die alte Frau arbeitet sicher in der Toilette eines Theaters.«

»Wie kommst du darauf, dass sie alt ist?«

»Mauricette hat recht. Wie kommst du darauf, dass sie alt ist, André, kannst du uns das vielleicht mal sagen?!«, fauchte die Furie vom letzten Mal, der es nach wie vor einen Heidenspaß zu machen schien, den armen André vor versammelter Mannschaft herunterzuputzen.

»Sie ist nicht alt«, mischte sich ein Opa im Sonntagsanzug ein. »Habt ihr nicht zugehört? An einer Stelle sagt sie, dass sie gerade mal achtundzwanzig ist. Außerdem hat sie einen Computer. Und sie schreibt.«

»Die Welt geht noch vor die Hunde, wenn sich plötzlich jeder zur Schriftstellerei berufen fühlt«, murrte jemand in der hintersten Reihe.

Das rief nun wiederum die pensionierte Grundschullehrerin, Madame Lignon, auf den Plan.

»Nur weil Sie mal Literatur studiert haben, Monsieur Martinet, können Sie noch lange nicht beurteilen, wer schreiben kann und wer nicht!«, wies sie ihn scharf zurecht, und sofort sprangen ihr einige andere bei.

Bevor die Diskussion ganz aus dem Ruder

lief, erhob Monique ihre Stimme in einem Ton, der keinen Widerspruch duldete:

»Ich bitte Sie, meine Herrschaften! Lassen wir Guillaume doch weiterlesen.«

Lächelnd nahm Guylain Julies nächsten Tagebucheintrag zur Hand:

52.doc

Der Donnerstag ist ein ganz besonderer Tag. Donnerstag ist nämlich Tantentag. Und *chouquettes*-Tag. Diese kleinen süßen Windbeutel sind die Lieblingsdroge meiner Tante, und jeden Donnerstag braucht sie davon eine neue Dosis. Sie kauft sie bei ihrem Bäcker um die Ecke. Acht kleine Windbeutel und nichts anderes: keine Mandelhörnchen, Schokocroissants oder Apfeltaschen, nein, immer nur diese kleinen, mit Hagelzucker bestreuten Brandteigkugeln, die innen hohl sind. Und warum acht und nicht sieben oder neun, bleibt ebenso ihr Geheimnis.

Bis hierhin ist das nichts Besonderes, ich weiß. Wirklich verschroben wird die Geschichte erst danach. Meine Tante geht mit ihren Leckereien nämlich nicht brav nach Hause, um sie vor dem Fernseher zu vernaschen, oder besucht das nächstgelegene

Café, um sie bei einer heißen Schokolade oder einem Lindenblütentee direkt aus der Tüte zu essen. Nein, sie kommt mit ihrem süßen Schatz schnurstracks zu mir.

»Weißt du, woanders schmecken sie mir einfach nicht so gut«, hat sie mir irgendwann gestanden. »Ich war damit schon überall, an den schönsten Orten, die man sich nur vorstellen kann, sogar in ein paar dieser eleganten Cafés, die so piekfein sind, dass man Angst hat, ein Krümelchen könnte auf den Boden fallen. Aber nur hier unten entfalten die *chouquettes* ihr unvergleichliches Aroma. Hier unten schmecken sie einfach himmlisch, woanders schmecken sie bloß gut. Die Umgebung macht sie zu etwas ganz Besonderem.«

Neugierig geworden, wollte ich das damals gleich ausprobieren. Nicht mit Windbeuteln, nein, die sind nicht so mein Fall, aber mit einer heißen knusprigen Waffel. Wenn mich während der Arbeit der Hunger überkommt, gönne ich mir hin und wieder eine bei der Crêperie im Erdgeschoss. Deren Waffeln sind wirklich sehr lecker. Normalerweise bestelle ich eine ohne alles und esse sie im Stehen gleich neben dem Stand. An jenem Tag nahm ich sie jedoch mit in mein unterirdisches Reich und schloss mich in einer der Kabinen ein. Und was soll ich sagen? Es war den Versuch wert. Meine Tante hatte recht. Irgendetwas war anders. Umgeben von meinen weißen Fliesen schmeckte die Waffel noch einen Deut besser als sonst … Ehrlich gesagt war es sogar die beste Waffel, die ich je gegessen habe.

Und darum kann ich auch gut nachfühlen, was meine Tante meint, wenn sie wieder einmal von ihren Windbeuteln zu schwärmen anfängt:

»Sie sind einfach ein Gedicht! Tausendmal besser als diese arroganten Torten, die angeberisch ihre Buttercreme zur Schau stellen, oder die hochmütigen Plätzchen mit ihren bunten Streuseln, die vor Künstlichkeit nur so strotzen. Meine *chouquettes* sind ein Wunderwerk des Minimalismus: Wie in der Malerei beschränkt sich der Konditor auf das Wesentliche mit den allerbesten Zutaten. So ein Windbeutelchen präsentiert sich einem ganz schlicht und bodenständig, und sein einziger Schmuck ist der Hagelzucker obendrauf, der ihm diesen Hauch Süße verleiht und nichts anderes bezweckt, als dass man das Teilchen augenblicklich verschlingen will.«

Ja, bei ihren *chouquettes* ist meine Tante wirklich nicht mehr zu bremsen, und auch heute war es wieder so.

»Hast du mir die 4 reserviert, Liebes?«, fragte sie, kaum hatte sie mich mit zwei flüchtigen Wangenküssen begrüßt.

»Natürlich. Wie könnte ich das vergessen?«

Jeden Donnerstagvormittag putze ich die Kabine Nummer 4 blitzblank und verschließe sie dann bis zur Ankunft meiner Tante. Die Nummer 4 ist ihre ganz persönliche Kabine, so wie andere einen Tisch in einem Nobelrestaurant oder eine Suite im Hilton haben.

Nachdem sie Jacke, Handtasche und Hut bei mir am Tisch abgelegt hatte, klemmte sie sich wie jeden Donnerstag ihr Sitzkissen unter den Arm und verschwand, die Tüte in der Hand, mit vor Vorfreude leuchtenden Augen in ihrer Kabine, wo sie es sich auf dem heruntergeklappten Deckel gemütlich machte. Geschlagene zwanzig Minuten widmete sie sich einem Windbeutelchen nach dem anderen, drückte mit der Zungenspitze jeden Bissen sanft an ihren Gaumen, um das Vanillearoma des Teigs zu befreien, und ließ ihn ganz langsam im Mund zergehen.

»O mein Gott, Julie, es gibt einfach nichts Besseres!«, rief sie, als sie danach wieder zum Vorschein kam – und hörte sich dabei so selig an wie ein Junkie im schönsten Drogenrausch.

Als Guylain aufsah, war es auf der großen Uhr über der Tür 11.25 Uhr. Sein Taxi würde jeden Moment da sein. Die Zuhörer hatten es indessen nicht eilig, in den Alltag zurückzukehren. Man unterhielt sich angeregt. Ein paar der Damen tauschten Windbeutelrezepte aus und verrieten den anderen ihre Tricks, sei es nun die Anzahl der Eier, die Menge an Butter oder die richtige Größe der Spritztütentülle. Ein Teil des Publikums diskutierte hingegen hitzig, ob man Windbeutel wirklich auf der Toilette essen sollte. Einige fanden den Gedanken vollkommen abwegig, während andere laut überlegten, nach dem Essen das Dessert mit aufs Zimmer zu nehmen, um den Geschmack auf der eigenen Toilette zu testen.

Voller Bedauern erhob sich Guylain aus seinem weichen Sessel. Er fühlte sich im »Rosengarten« von Mal zu Mal wohler. Monique und Josette reichten ihm die Hand, um ihm von seinem Podest zu helfen. Als er wieder festen Boden unter den Füßen hatte, nutzte er die Gelegenheit, um ihnen von Yvon zu erzählen. Die beiden Schwestern waren entzückt. Zwei Vorleser, das war ja noch besser als einer! Allerdings sollten Guylain und Yvon ihre Darbietung um eine halbe Stunde verlängern, wogegen Guylain absolut nichts einzuwenden hatte. Mit einem dankbaren Lächeln küsste er die beiden Schwestern zum Abschied auf die Wange, nahm eine letzte Nase von ihrem Kölnischwasser und schlenderte dann hinaus zum Taxi, das gerade die Einfahrt hochgefahren kam.

20

Als Guylain von der »Residenz Rosengarten« nach Hause kam, lag Rouget de Lisle V. tot neben seiner Müslischüssel. Sein Ersatzaquarium musste seinem Mitbewohner doch ein wenig zu klein vorgekommen sein, um sich anständig die Flossen zu vertreten, weshalb er wohl beschlossen hatte, den Sprung ins Ungewisse zu wagen. Armer Rouget de Lisle, dachte Guylain voller Trauer, dein Traum von der Freiheit hat auf meiner Spüle ein klägliches Ende gefunden. Ganz behutsam nahm er die Schwanzflosse zwischen Daumen und Zeigefinger, hob die Leiche hoch und bettete sie in eine Plastiktüte.

Nach dem Mittagessen machte Guylain sich auf den Weg nach Les Pavillons-sous-Bois. Er kannte die Strecke gut, schließlich war er sie schon viermal gegangen. Nach etwa einer Stunde gelangte er zum Canal de l'Ourcq, betrat die Brücke, holte Rouget de

Lisle, der bereits steif war, aus seinem durchsichtigen Plastiksarg und ließ ihn mit einem Seufzer in das ruhig dahinfließende Wasser fallen.

»Friede deinen Gräten, treuer Freund.«

Guylain brachte es nicht übers Herz, die Leichen seiner Goldfische einfach in den Müll zu werfen. Für ihn waren die fünf Rougets mehr als bloße Zierfische gewesen. Er hatte mit ihnen sein Leben geteilt und ihnen seine intimsten Geheimnisse anvertraut. Da es in der näheren Umgebung seiner Wohnung keinen richtigen Fluss gab, blieb für ein würdiges Begräbnis also nur dieser Kanal. Nach einem letzten traurigen Blick auf seinen kleinen Goldfisch, der orange glitzernd in den dunklen Fluten versank, machte Guylain auf dem Absatz kehrt.

Eine Viertelstunde später klingelte das Türglöckchen fröhlich, als er über die Schwelle der Zoohandlung trat. Guylain wurde von zwitschernden Wellensittichen, freudig kläffenden Welpen, miauenden Katzenbabys, mümmelnden Kaninchen und piepsenden gelben Küken begrüßt. Allein die Fische blieben stumm und stießen nur ein paar Luftblasen aus.

»Sie wünschen?«

Gesicht und Stimme der Verkäuferin passten gut zueinander, beide waren kalt, bleich und abweisend.

»Ich brauche einen Goldfisch«, sagte Guylain schüchtern.

Das traf es ziemlich gut. Er brauchte den Goldfisch wirklich, er litt unter einer regelrechten Abhängigkeit und konnte nicht auf einen stummen orangefarbenen Gefährten auf seinem Nachttisch verzichten. Es war ein großer Unterschied, ob man allein lebte oder zusammen mit einem Goldfisch, das wusste er aus Erfahrung.

»Welche Art?«, fragte die anämische Verkäuferin und schlug einen dicken Aquaristik-Katalog auf. »Wir hätten Löwenkopf, Kometenschweif, Oranda, das ist der mit der Beule am Kopf, Pompom, Ryukin, Shubunkin und Ranchu. Oder ein Black Moor, der ist schwarz, wie der Name schon sagt. Die Goldfischart, die zurzeit am besten geht, ist der Himmelsgucker mit der doppelten Schwanzflosse und den Teleskopaugen oben am Kopf. Der ist schwer in Mode.«

Guylain hätte sie am liebsten gefragt, ob sie keinen stinknormalen Goldfisch hatte, mit einer einzigen Schwanzflosse, die völlig ausreichte, um im Goldfischglas seine Runden zu ziehen, und mit zwei Augen dort, wo sie hingehörten. Stattdessen holte er ein zerknittertes Foto von Rouget de Lisle I. hervor, dem Begründer der Dynastie und seinem allerersten Mitbewohner, und hielt es der Verkäuferin unter die Nase.

»Ich hätte gern genau so einen.«

Kurz betrachtete die Frau das verblichene Foto und führte ihn dann zu einem großen Aquarium ganz hinten im Laden, in dem gleich mehrere Dutzend potenzielle Rouget de Lisles schwammen.

»Suchen Sie sich einen aus. Ich bin vorne an der Kasse, wenn Sie so weit sind«, sagte sie, drückte ihm einen Kescher in die Hand und ließ ihn allein.

Mit dem Foto in der Hand suchte Guylain den Schwarm nach einem perfekten Klon ab.

Bald hatte er einen Kandidaten gesichtet. Dieselbe Farbe, ein etwas hellerer Streifen an der Seite, dieselben Kiemen, derselbe freundliche Blick. Nach drei vergeblichen Versuchen landete sein zukünftiger Mitbewohner im Kescher, und er konnte die Verkäuferin rufen. Während sie den neuen Rouget in eine Plastiktüte mit Wasser packte, erkundigte er sich bei ihr noch nach einem neuen Aquarium.

»Rund oder eckig?«, fragte sie nur.

Stumm wie sein Fisch starrte Guylain sie an. Sein erstes Goldfischglas hatte er von Giuseppe geschenkt bekommen. Nun befand er sich in einem Dilemma: Sollte er den Neuen dazu verdammen, sich sein Leben lang im Kreis zu drehen? Oder dazu, immer im rechten Winkel abbiegen zu müssen? Angesichts des ungeduldigen Blicks der Verkäuferin entschied er sich schließlich für das altbewährte runde Glas. Selbst ein stinknormaler Goldfisch wollte sicher nicht ständig um die Ecke schwimmen.

Zurück in seiner Wohnung schüttete Guylain weißen Sand in das Glas, dekorierte es sorgfältig mit der winzigen Amphore und den Plastikpflanzen, die seinem vorigen Mitbewohner gehört hatten, und ließ den neuen Rouget de Lisle einziehen. Bald schwänzelte er fröhlich in seinem neuen Zuhause herum. Guylain mochte ihn auf Anhieb. Irgendwie wirkte der kleine Fisch, der den anderen fünf zum Verwechseln ähnlich sah, unsterblich, und für einen Moment glaubte er, in den Augen von Rouget de Lisle VI. den Blick seiner fünf Vorgänger aufblitzen zu sehen.

21

Am Montagmorgen irrte der alte Mann in Pantoffeln, Schlafanzug und Mantel verloren auf dem Bürgersteig vor der Hausnummer 154 umher. Am Abend zuvor waren die Hinterläufe seines Pudels plötzlich gelähmt gewesen, und darum war Balthus jetzt zur Beobachtung in der Tierklinik.

»Nur bis er wieder laufen kann. Und das wird er ganz sicher, nicht wahr? Der Tierarzt bekommt ihn doch wieder hin, meinen Sie nicht auch?«, fragte der Alte mit tränenerstickter Stimme und umklammerte dabei flehentlich Guylains Arm.

Voller Mitgefühl versicherte Guylain ihm, dass sein Balthus sicher bald wieder laufen könne und es keinen Grund gebe, sich Sorgen zu machen, auch wenn er insgeheim davon überzeugt war, dass der treue Vierbeiner am Ende seines Lebens angekommen war und in Kürze Rouget de Lisle V. in den Tierhimmel folgen würde. Alte Hunde starben häufig von hinten nach vorn, das hatte er irgendwo gelesen. Guylain verabschiedete sich von dem alten Mann so herzlich, als spreche er ihm jetzt schon sein Beileid aus, und eilte dann schnell weiter zum Bahnhof. Um 6.26 Uhr sprang er in den Zug und ließ sich voller Vorfreude auf seinem orangeroten Klappsitz nieder. Er konnte es kaum erwarten, seinen Mitreisenden Julies nächste Geschichte vorzulesen.

17.doc

Mittwochs und samstags ist der Andrang immer am größten. Ist an einem Samstag zudem auch noch Schlussverkauf, so wie heute, erlebe ich meinen ganz persönlichen Super-GAU. Trotz seiner Verkaufsfläche von hunderttausend Quadratmetern platzt das Einkaufszentrum dann aus allen Nähten, und der Strom der Kauflustigen reißt den ganzen Tag nicht ab. Sie fallen in Horden bei mir ein und hinterlassen literweise Urin, Exkremente und manchmal auch ihren Mageninhalt.

Ich hasse es, wenn es im Einkaufszentrum zugeht wie auf dem Rummelplatz. Der Andrang macht mir einfach Angst; da hilft es auch nichts, dass ich an solchen Tagen so viel Trinkgeld bekomme wie sonst in einem ganzen Monat nicht. An Samstagen wie diesem sind meine Kunden für mich nur noch Blasen, Därme, Mägen und Schließmuskeln auf zwei Beinen, nicht mehr einzelne Menschen mit einem dringenden Bedürfnis. Wenn ich nicht von dem Wahnsinn überrollt werden will, muss ich den ganzen Tag zwischen der Damen- und Herrentoilette hin- und herrennen, Klopapier in den Kabinen nachfüllen, Klobrillen abwischen, Waschbecken putzen, neue WC-Steine in die Pissoirs hängen – und darf darüber auf keinen Fall vergessen, so oft wie möglich neben meiner Untertasse Stellung zu beziehen. »Herzlichen Dank und auf Wiedersehen.« »Vielen Dank und einen schönen Tag noch.« »Sehr nett, danke, bis zum nächsten Mal.« Wenn ich nämlich nicht Zeugin ihrer Großzügigkeit bin, schwirren die meisten Klogänger ab, ohne auch nur einen Cent zu geben. Ja, meine Tante hatte schon recht mit ihrer Nummer 4: »Ist ein Bettler unsichtbar, bleibt seine Schale leer.«

Gefühlt hat mir heute jedenfalls die gesamte Menschheit einen Besuch abgestattet. Ich bin völlig erschlagen, der Rücken tut mir weh, und als ich vorhin das Metallgitter herunterließ, hatte ich im wahrsten Sinne des Wortes die Nase voll von WC-Reinigern, Scheuermitteln und Co. Ich bevorzuge wirklich die ruhigeren Tage unter der Woche, wenn die Kunden sich nicht die Kabinenklinken in die Hand geben und nur ab und zu jemand zu mir herunterkommt. Manchmal lege ich dann mein Notizbuch oder meine Zeitschrift beiseite, schließe die Augen, blende die Hintergrundgeräusche aus dem Erdgeschoss aus und lausche. Im Laufe der Jahre habe ich auf diese Weise mein Gehör geschult, sodass ich mittlerweile jeden noch so leisen Ton aus den Kabinen zweifelsfrei identifizieren kann.

Meine in allen Bereichen der Toilettenkunde bewanderte Tante hat besagte Geräusche übrigens in drei Kategorien unterteilt. Ihr zufolge gibt es zunächst einmal die »noblen Geräusche«: das leise Klirren einer Gürtelschnalle, das Aufziehen eines Reißverschlusses, das Klicken eines Druckknopfs und nicht zu vergessen das Reiben, Rascheln, Knistern oder leise Rauschen von Seide, Satin, Nylon, Baumwolle, Tweed, Polyester und all den anderen Stoffen. Die zweite Gruppe bilden die »ablenkenden Geräusche«. Dazu gehören demonstratives Hüsteln, betont fröhliches Pfeifen, das Betätigen der Spülung, das Abrollen und Abreißen des Klopapiers, kurz gesagt, all das, was die Geräusche der dritten Kategorie übertönen soll, die »Aktivitätsgeräusche«: das Furzen, Pupsen, Plätschern, Gluckern, Tröpfeln, Platschen oder laute Klatschen. Zu diesen drei Kategorien kann ich nach jahrelanger Forschung noch eine vierte hinzufügen, und zwar die der »Wohlfühlgeräusche«. Sie kommen zwar weitaus seltener vor als die anderen, sind dafür aber umso faszinierender: Wenn sich die Schleusen endlich öffnen dürfen und der gelbe Strahl oder die braune Lawine in die Kloschüssel schießt, dringt oft ein befriedigtes Stöhnen, ein erleichterter Seufzer oder erlöster Schnaufer an mein Ohr.

Bei diesen Wohlfühlgeräuschen überkommt mich jedes Mal fast so was wie Zärtlichkeit für die Spezies Mensch. Sobald er Wasser lassen oder seinen Darm entleeren muss, zeigt sich der Mensch nämlich verletzlich. Egal, wer er ist und wie viel er verdient: Er muss wie jedes Säugetier dem übermächtigen, seit Urzeiten bestehenden Ruf der Natur folgen, sich auf die Klobrille hocken und dann, die Hose um die Knöchel, Schweißperlen auf der Stirn, vor Anstrengung ächzend, seine Schließmuskeln beschwören, sich doch bitte zu öffnen. Ja, während der kurzen Zeit, in der er hinter einer der Türen aus meinem Blickfeld verschwindet, ist er ganz auf sich allein gestellt, und die Welt da oben ist weit weg.

Und so kommt es gelegentlich auch vor, dass ein Kunde bei mir nicht nur seine Blase erleichtern will, sondern auch sein Gewissen. Bereitwillig höre ich den Leuten dann zu, lasse sie ihre kleinen und großen Probleme bei mir abladen und ihr Innerstes nach außen kehren. Mal wird geheult oder lamentiert, mal geschimpft wie ein Rohrspatz, Galle verspritzt oder vor Eifersucht getobt: Alles schon da gewesen, getreu dem Tanten-Spruch Nummer 12: »Öffentliche Toiletten sind Beichtstühle ohne Pfarrer.«

Zum Glück gibt es aber auch noch die anderen, die netten, die einfach nur ein wenig plaudern wollen und für die ich mehr bin als ein seelischer Mülleimer. Wie so manches Edelrestaurant habe ich deshalb auch ein Gästebuch ausgelegt, damit die Besucher mir nicht nur ein wenig Kleingeld, sondern auch ein paar Worte hinterlassen können. Bevor ich abends nach Hause gehe, setze ich mich immer noch mal fünf Minuten an meinen Tisch und lese die Einträge des Tages. Da ist alles dabei: ein schlichtes Danke, Worte der Anerkennung, manchmal sogar wahre Lobeshymnen, aber auch Beschwerden, obszöne Witze oder sogar Hasstiraden, kurzum, das Beste und das Schlimmste, was in den Menschen schlummert und was mich mehr über ihre Natur lehrt als jedes Psychologie- oder Philosophiebuch. Hier ein paar Beispiele des heutigen Tages:

Ihre Toilette ist wirklich sehr sauber. Bravo!
Isabelle

Dieses WC ist viel mehr als eine Bedürfnisanstalt, es ist eine saubere, gut geführte Oase des Friedens. Weiter so!
René

Hätteste mal besser nicht so oft die Schule geschwänzt, was?

Das Papier ist für meinen Geschmack etwas zu rau, aber sonst ist alles wunderbar.
Marcelle

Wir sind hier nur auf Durchreise, aber Ihre blitzsauberenToiletten haben uns so beeindruckt, dass wir gerne wiederkommen.
Xavier & Martine, mit Thomas und Quentin

Leck mich am Arsch, du Flittchen!

Könige und Philosophen müssen zu Stuhle gehen und die Damen gleichfalls.
Michel de Montaigne

Es wäre nett, wenn Sie Ihren Kunden Zeitschriften zur Verfügung stellen würden. Au-

ßerdem finde ich es schade, dass es nur eine Sorte Flüssigseife gibt, ich würde mir gern den Duft aussuchen können. Was die Sauberkeit angeht, war ich zufrieden.
Madeleine de Borneuil

PS: *Auf den Wasserhähnen habe ich ein paar Kalkspuren entdeckt. Versuchen Sie es mal mit Essigessenz.*

Weißt du was, Schlampe? Ich habe mir in deiner verschissenen Toilette einen runtergeholt und dabei an dich gedacht.

Im Waggon war von allen Seiten her Gelächter zu hören, vermischt mit entrüsteten Ausrufen. Guylain blickte auf, und viele der Pendler ermunterten ihn mit Blicken, schnell weiterzulesen. Lächelnd nahm er einen weiteren von Julies Texten zur Hand:

23.doc

Ich kann es nicht beschwören, aber ich glaube, er ist wieder länger geworden. Nicht viel, nur einen oder zwei Zentimeter, aber wenn das so weitergeht, wird er in wenigen Jahren den Lüftungsschacht im Damenklo erreicht haben. Meine Tante hat mir erzählt, dass er vor fast dreißig Jahren entstanden ist, als Bauarbeiter die alte Haupttreppe abgerissen und die Rolltreppen eingebaut haben. Anfangs war er gerade mal ein feiner, für das bloße Auge nahezu unsichtbarer Riss, nicht länger als ein Grashalm. Meine Tante hat ihn gleich am ersten Tag, als die Bauarbeiter den Presslufthammer ansetzten, in der Ecke unter den Waschbecken entdeckt. Von dort aus ist er im Laufe der Jahre länger und länger geworden, ist unaufhaltsam quer über die Wand nach oben gewandert und hat auf den weißen Fliesen eine feine dunkle Spur hinterlassen.

Entstanden ist er, als Mitterrand Präsident wurde. Er feierte seinen ersten Meter, als die Russen sich aus Afghanistan zurückzogen, und seinen zweiten, als man Papst Johannes Paul II. zu Grabe trug. Mittlerweile hat er drei Jahrzehnte auf dem Buckel und die stolze Länge von fast drei Metern: Er ist wie eine Falte im Gesicht, ein untrügliches Zeichen dafür, dass die Zeit vergeht. Darum mag ich ihn. Und ich bewundere ihn. Denn er geht unbeirrbar seinen Weg und kümmert sich einen feuchten Kehricht drum, was in der Welt sonst noch geschieht.

Als der Zug in den Bahnhof einfuhr und die Leute ausstiegen, wäre einem aufmerksamen Beobachter sicher nicht entgangen, dass Guylains Zuhörer an diesem Montagmorgen eindeutig aus der Masse herausstachen. Ihre Mienen waren nicht undurchdringlich oder missmutig wie die der anderen Pendler, nein, sie alle wirkten wie frisch gestillte Säuglinge: satt, glücklich und rundherum zufrieden.

22

Um Punkt 19 Uhr klingelte Guylain bei Giuseppe. Sein alter Freund hatte mitten am Nachmittag bei Kowalski angerufen und nach ihm gefragt. So etwas war noch nie vorgekommen, und dementsprechend wütend klang auch Kowalskis Stimme, als sie plötzlich in Guylains Kopfhörern ertönte: Der Chef mochte es überhaupt nicht, wenn seine Leute ihre Arbeit unterbrachen.

»Vignolles, Telefon!«

Mit ein paar großen Schritten war Guylain die Treppe hinauf in das Büro seines Chefs gerannt und hatte nach dem Hörer gegriffen, den der Dicke ihm mit grimmiger Miene hinhielt, gespannt, wer ihn in der Fabrik anrief.

»Kannst du nach Feierabend vorbeikommen?«

»Sicher. Was ist los?«, hatte Guylain verwundert gefragt.

»Wirst schon sehen«, hatte Giuseppe lapidar geantwortet und ohne ein weiteres Wort aufgelegt.

Als Guylain auf seinem Sofa Platz nahm, rückte Giuseppe jedoch noch immer nicht mit der Sprache heraus. Er bestand darauf, dass sie erst einen Aperitif tranken. Dabei sah man ihm an, dass er es kaum erwarten konnte, Guylain irgendetwas mitzuteilen. Nervös fuhr er mit dem Rollstuhl vor und zurück, pickte ungeschickt Pistazien und Erdnüsse aus den Schüsselchen, sodass etliche auf dem Boden landeten, und rutschte unruhig auf seinem Sitz herum. Guylain sah sich das Theater eine Weile an, hielt es aber bald nicht mehr aus.

»Du hast mich doch sicher nicht nur herbestellt, um ein Glas Moscato mit dir zu trinken, oder?«

Da endlich rückte Giuseppe mit der Sprache raus.

»Natürlich nicht, mein Junge.« Die Augen des Alten leuchteten spitzbübisch. »Nein, du solltest erfahren, dass ich in den letzten Tagen nicht auf der faulen Haut gelegen habe.«

Schwungvoll vollführte er mit seinem Rollstuhl eine halbe Drehung und bedeutete Guylain, ihm ins Schlafzimmer zu folgen, das ihm zugleich als Büro diente.

In dem Zimmer herrschte ein heilloses Durcheinander. Der wackelige Schreibtisch verschwand unter Stapeln von Papieren. Laptop und Drucker hatte Giuseppe kurzerhand auf den Boden gestellt, um mehr Platz zu haben. Selbst sein Bett war von der Papierinvasion nicht verschont geblieben: Auf der Matratze waren unzählige Blätter verstreut. Zwischen Bett und Tisch hing auf Rollstuhlhöhe eine riesige Karte vom Großraum Paris an der Wand. Sie war mit mehreren roten Filzstiftkreisen versehen, von denen einige allerdings wieder durchgestrichen worden waren. Ebenso hatte Giuseppe manche Städtenamen unterkringelt, ein paar der Kringel aber wieder mit Tipp-Ex überdeckt. An etlichen Stellen im Zentrum, aber auch in den Vororten von Paris klebten darüber hinaus Postits, die mit Giuseppes krakeliger Schrift vollgeschrieben waren. Kurzum, der Stadtplan war übersät mit Durchstreichungen, Kommentaren und Kringeln und verstärkte den Eindruck, den Guylain von dem ganzen Zimmer hatte: Irgendwie sah es hier aus wie in einem militärischen Hauptquartier, in dem gerade ein Angriffskrieg geplant wurde.

»Wieso ist hier so ein Chaos?«

»Von nichts kommt nichts. Ich habe drei Tage gebraucht, bis die Liste fertig war, und drei weitere, bis ich sie auf die eingegrenzt hatte, die tatsächlich infrage kommen. Das war eine ganz schön harte Nuss, kann ich dir sagen. Aber ich habe sie geknackt! Heute Mittag bin ich fertig geworden.«

»Wovon zum Teufel redest du, Giuseppe?«

»Na, von deiner Julie! Willst du sie nun finden oder nicht?!« Giuseppe schüttelte den Kopf, erstaunt, dass sein Freund so begriffsstutzig war. »Ich habe ihre Texte dreimal von vorne bis hinten durchgelesen, damit mir auch ja kein Hinweis entgeht, denn ich muss schon sagen, deine Angebetete ist ziemlich knausrig mit Informationen. In keiner der zweiundsiebzig Dateien erwähnt sie ihren Nachnamen oder wo sie lebt, und das ist bei so einem Tagebuch schon eine literarische Glanzleistung. Aber da muss sie früher aufstehen, um den alten Giuseppe zu entmutigen!«

Mit einem stolzen Lächeln rollte er zu seinem Schreibtisch, kramte kurz in den Papieren herum und drückte Guylain dann ein Blatt in die Hand.

»Hier habe ich aufgeschrieben, was man aus den Texten erfährt: Sie heißt mit Vornamen Julie, ist von Beruf Klofrau, achtundzwanzig Jahre alt und zählt einmal im Jahr, und zwar am 20. März, ihre Fliesen, und es sind genau 14717 Stück. So weit, so gut. Für deine Suche nach ihr wesentlich wichtiger sind allerdings die Hinweise Nummer 6, 7 und 8: Ihre Toilette befindet sich in einem Einkaufszentrum. Es ist etwa hunderttausend Quadratmeter groß. Und es ist über dreißig Jahre alt, siehe der Text mit dem Riss.«

Guylain starrte ungläubig auf die Liste in seinen Händen, auf der die entscheidenden Punkte grün unterstrichen waren. Doch Giuseppe redete schon weiter und begann zu erklären, wie er anschließend vorgegangen war. Mithilfe des Internets hatte er herausgefunden, dass es im Großraum Paris achtzehn große Einkaufszentren gab. Danach hatte er ermittelt, in welchem Jahr jedes einzelne von ihnen erbaut worden war, und auf dem großen Stadtplan all jene durchgestrichen, die jünger als dreißig Jahre waren: das »Millénaire« in Aubervillers, das »Val d'Europe« in Marne-la-Vallée und das »Carré Sénart« in Lieusaint. Beim letzten Durchgang hatte er sich die Verkaufsflächen der restlichen Einkaufszentren vorgenommen und die Liste so auf acht Finalisten reduziert. Mit stolzgeschwellter Brust nannte Giuseppe ihm die Auserwählten mitsamt der dazugehörigen Details, wobei er wie ein General mit einem Lineal auf die entsprechende Stelle auf dem Stadtplan tippte.

»Das ›O'Parinor‹ in Aulnay, erbaut 1974, und das ›Parly 2‹ in Le Chesnay, erbaut 1969, haben jeweils 90 000 m² Verkaufsfläche; nicht ganz hunderttausend, ich weiß, aber ich wollte sie nicht vorschnell ausschließen. Danach kommen in Betracht das ›Rosny 2‹ in Rosny, erbaut 1973, mit 106 000 m², das ›Créteil Soleil‹ in Créteil, Baujahr 1974, mit 124 000 m², und das ›Belle Épine‹ in Thiais, Baujahr 1971, mit 140 000 m²; letzteres ist vielleicht etwas zu groß, aber wer weiß. Das ›Évry 2‹ in Évry aus dem Jahre 1975 hat dafür exakt 100 000 m² Verkaufsfläche, und das ›Vélizy 2‹ in Vélizy, Baujahr 1972, nur ein bisschen weniger, nämlich 98 000 m². Und als Letztes ist da noch das ›Quatres Temps‹ in La Défense, erbaut 1981 mit einer Verkaufsfläche von 110 000 m². In all diesen Einkaufszentren gibt es öffentliche Toiletten, so viel habe ich rausgefunden. Was ich aber nicht weiß, ist, in welchen Klofrauen arbeiten. Das habe ich weder übers Internet noch per Telefon ermitteln können. Die Information ist anscheinend streng geheim.«

Beeindruckt von der logischen Vorgehensweise seines alten Freundes, betrachtete Guylain die kleinen roten Kringel, die, wenn man sie miteinander verband, fast eine perfekte Ellipse um das Zentrum von Paris beschrieben, von Aulnay im Nordosten südlich um die Hauptstadt herum bis nach Nanterre ganz im Westen. Nur Évry lag außerhalb dieser Kurve am unteren Ende der Karte. Ganz überzeugt war Guylain allerdings immer noch nicht. Woher hatte Giuseppe die

Gewissheit, dass Julie irgendwo im Ballungsraum von Paris arbeitete und nicht weiter weg? Als er vorsichtig seine Zweifel äußerte, blitzten Giuseppes Augen wieder auf, denn natürlich hatte er auch das bei seinen Recherchen bedacht:

»Du hast den USB-Stick nicht im TGV nach Bordeaux oder Lyon gefunden, sondern in einem Zug des RER. Und die verkehren nur im Großraum Paris. Die Wahrscheinlichkeit ist also groß, dass deine Julie ihre Klos irgendwo im Bereich des Schnellbahnnetzes putzt! Wenn ich du wäre, würde ich mit dem ›O'Parinor‹ und dem ›Rosny 2‹ anfangen, die sind von hier aus am besten zu erreichen.«

Den Rest des Abends verbrachten sie zusammen vor dem Fernseher und verspeisten die von Giuseppe zubereiteten italienischen Häppchen. Als Guylain sich von seinem Freund verabschiedete, versprach er, ihn über seine Suche auf dem Laufenden zu halten. Er schob die kostbare Liste in seine Jackentasche und machte sich auf den Heimweg. Zu Hause fütterte er Rouget de Lisle VI., und während der sich über sein Fischfutter hermachte, berichtete Guylain ihm glücklich, was Giuseppe herausgefunden hatte, und las ihm laut die Namen der acht Einkaufszentren vor. Acht Stationen seines Kreuzwegs – und seine einzige Hoffnung.

23

Die nächsten Tage verbrachte Guylain damit, ein Einkaufszentrum nach dem anderen abzuklappern. Kaum ertönte die Feierabendsirene, kehrte er der Zerstör den Rücken, zog in der Umkleide seinen Blaumann aus und verließ ohne zu duschen die Fabrik, um zum Bahnhof zu eilen und dort in den erstbesten Zug oder Bus zu springen, der ihn zum jeweiligen Ziel brachte. Am Dienstag waren es das ›O'Parinor‹ in Aulnay und das ›Rosny 2‹ in Rosny, am Mittwoch das ›Créteil Soleil‹ in Créteil und am Donnerstag das ›Quatre Temps‹ in La Défense – doch jedes Mal zerplatzte seine Hoffnung wie eine Seifenblase, und jeden Abend klingelte schon das Telefon, wenn Guylain nach Hause kam.

»Und?«, fragte Giuseppe begierig.

»Fehlanzeige«, murmelte Guylain niedergeschlagen, bevor er Giuseppe erklärte, dass es in dem Einkaufszentrum, das er an diesem

Abend besucht hatte, zwar durchaus öffentliche Toiletten gab und auch eine Putz- und Servicekraft, diese aber mit Sicherheit nicht die gesuchte Julie war. In Aulnay saß eine mürrische Alte am Toiletteneingang, in Rosny ein hagerer Mann mit Schnurrbart, in Créteil eine fröhliche Westafrikanerin in einem knallbunten Kleid und in La Défense ein Teenager mit rasiertem Schädel und unzähligen Piercings. Giuseppe war jedes Mal fast noch enttäuschter als er selbst.

»Das kann nicht sein«, murmelte er am Donnerstagabend deprimiert. »Sie muss in einem dieser Einkaufszentren arbeiten. Wo versteckt sie sich bloß?«

»Na ja, morgen ist auch noch ein Tag«, versuchte Guylain ihn und sich selbst aufzumuntern, legte auf und fiel todmüde ins Bett.

Als Guylain am Freitagmorgen an der Hausnummer 154 vorbeikam, begrüßte ihn der alte Mann in Pantoffeln, Schlafanzug und Mantel überschwänglich. Sein Balthus war zurückgekehrt! Besagter Vierbeiner bemühte sich im selben Moment verzweifelt, einen Strahl an seine Lieblingsplatane zu setzen.

»Sie hatten recht!« Freudestrahlend klopfte der Alte Guylain auf die Schulter. »Der Tierarzt hat meinen Balthus wieder hinbekommen. Sehen Sie nur, wie gut er wieder laufen kann!«

Guylain nickte stumm und warf dem herumstaksenden Pudel, dessen Hinterläufe bei jedem Schritt unter ihm wegknickten, einen skeptischen Blick zu. Manchmal gibt der Tod erst einen Warnschuss ab, dachte Guylain, doch so wie's aussieht, wird er sein Werk bald vollenden.

Nachdem Guylain sich mit einem mitfühlenden Winken von dem Alten verabschiedet hatte, beschloss er, Balthus' Rückkehr von den Toten als gutes Omen zu deuten. Die Lektüre von Julies Texten zehn Minuten später im Zug bestärkte ihn noch in diesem Glauben.

45.doc

Ich sollte wohl nicht stolz darauf sein – aber ich habe mich endlich an dem Dicken gerächt, der jeden Tag um zehn Uhr morgens hier unten bei mir aufkreuzt. Und zwar so richtig. Ich brauchte dafür nur Josy ins Vertrauen zu ziehen, und die war sofort zu allen Schandtaten bereit. Ich musste sie sowieso nicht um viel bitten: nur dass sie fünfzehn Minuten zu mir runterkam. Außerdem bin ich mir ziemlich sicher, meine Lieblingsfriseurin hätte sogar einen ganzen Urlaubstag geopfert, nur um diesen Widerling mit mir zusammen von seinem hohen Ross zu holen.

»Wer das Papier hat, hat die Macht.« Tanten-Spruch Nummer 3 hatte mich auf die Idee gebracht, und es war auch gar nicht schwer, sie in die Tat umzusetzen. Ich musste dafür nur den Papierspender aufmachen, die Rolle Klopapier herausnehmen, ein einzelnes Blatt von innen in den Schlitz kleben und danach den Spender wieder schließen. Ein klassischer Schülerstreich.

Als Nächstes trat dann Josy in Aktion. Damit kein unschuldiger Kunde, der zufällig gerade vorbeikam, Kabine Nummer 8 benutzte, schloss sich meine Komplizin mit ihrem Handy darin ein und wartete auf meine SMS.

Punkt zehn erklangen seine schweren Schritte auf der Treppe. Braunes Hemd, grüne Krawatte und beigefarbener Anzug: Er hätte keine bessere Farbe wählen können. Schnell schickte ich Josy die Nachricht und ging dann mit meinem Putzeimer hinter ihm her. In der Kabine hatte Josy inzwischen die Spülung betätigt, um das Ganze echt wirken zu lassen, und kam nun mit gesenktem Kopf heraus. Stur geradeaus blickend drängte sich der Dicke an ihr vorbei, ich glaube, er fragte sich nicht einmal, was eine Frau auf dem Männerklo zu suchen hatte, so konzentriert war er auf sein allmorgendliches Geschäft.

Josy blieb bei mir, um auch ja nichts zu verpassen. Beide mit einem Putzlappen getarnt, falls jemand kam, lehnten wir uns an die Wand neben dem Eingang zum Männerklo, schlossen voller Vorfreude die Augen und lauschten. Die Geräusche der ersten und zweiten Kategorie lasse ich aus, aber den Aktivitätsgeräuschen nach zu schließen, war sofort klar: Das 10-Uhr-Ferkel setzte heute einen besonders großen Haufen in die Schüssel der Nummer 8.

Die Stille, die darauf folgte, war dann einfach zum Niederknien. Ich spitzte die Ohren, um zu hören, wie sich das einsame Klopapierblatt, das ich im Spender mit Tesafilm befestigt hatte, vom Gehäuse löste … und dann mussten Josy und ich schnell das Weite suchen, um nicht an Ort und Stelle laut loszuprusten.

Knappe zehn Minuten später kam der Dicke mit hochrotem Kopf aus der Herrentoilette gewankt. Das Hemd hing ihm halb aus der Hose, und sein Sakko war so zerknittert wie ein Kopfsalat, der zwei Wochen im Kühlschrank gelegen hatte. Mit Pinguinschritten watschelte er an meinem Klapptisch vorbei, und da, zum allerersten Mal, sah er mich an. Er stand unter Schock. Es war der Blick eines Menschen, dessen Selbstwertgefühl gerade mit einem großen Platsch in die Kloschüssel geplumpst war. Betont freundlich sagte ich: »Wie wär's mit einem kleinen Dank fürs Putzen?«, und wies mit dem Kopf auf meine Untertasse.

Natürlich gab der Dicke keinen Cent. Er war gar nicht mehr in der Lage, irgendwem irgendwas zu geben. Aber der Anblick, den er Josy und mir bot, als er mit zusammengekniffenen Pobacken die Treppe hochstakste, war das schönste Trinkgeld, das ich in meinem Leben je bekommen habe.

Überrascht blickte Guylain auf, als die Pendler im Zug euphorisch zu klatschen begannen. Mit einem freudigen Lächeln stellte er fest, dass Julies Rache auch seine Zuhörer begeistert hatte. Unwillkürlich kam ihm sein Chef wieder in den Sinn, der Julies Widerling so unglaublich ähnlich war. Instinktiv schüttelte er den Kopf, um das Bild eines schamroten Kowalski zu verdrängen, und nahm Julies nächsten Text zur Hand:

70.doc

Speed-Dating. Eigentlich klingt das Wort ja harmlos. Aber irgendwie hatte es mir Angst gemacht. Josy musste mich tagelang beim morgendlichen Kaffee bearbeiten, bis ich mich bereit erklärte, mit ihr zusammen zu diesem »Rendezvous mit der Liebe« zu gehen, wie sie es nannte. »Nur für den anspruchsvollen Single«, hieß es in dem Prospekt, den sie mir mitgebracht hatte; das Niveau garantieren sollte eine Anmeldegebühr von zwanzig Euro, inklusive Freigetränk.

»Was kann dir schon passieren?«, hatte Josy versucht, mich zu beruhigen. »Dass du auf einen Arsch triffst, der zum Speed-Dating geht wie unsereins in den Supermarkt, weil er mal wieder eine Frau ins Bett kriegen will? Julie, du bist doch klug genug, um auf so einen einsamen Cowboy nicht reinzufallen und ihn zurück in seinen Saloon zu schicken, damit er sich dort auf dem Klo einen runterholt.«

Das mag ich an Josy, sie nennt die Dinge immer beim Namen. Ja, was mir beim Speed-Dating wohl am meisten Angst eingejagt hatte, war das Wort *speed* gewesen. Das klang nach »schnell kennengelernt und dann ab in die Kiste«, so, als wäre ich ein Karnickelweibchen, das man zur Begattung in einen Stall voller Rammler setzt.

Keine Ahnung, was mich geritten hat, aber schließlich ließ ich mich doch noch von Josy breitschlagen. Vielleicht war es ihre Begeisterung, vielleicht aber auch das kleine Mädchen in mir, das insgeheim immer noch auf seinen Traumprinzen wartet und ab und zu eine Münze in den Springbrunnen wirft. Natürlich bekamen wir auch sofort eine Einladung zugeschickt, kaum hatten wir uns angemeldet: Wir sind beide jung, kinderlos und nicht allzu hässlich, jedenfalls, wenn man nach dem neuen Schönheitsideal geht, wonach weibliche Kurven wieder angesagt sind, nachdem man uns jahrelang Magermodels als Vorbild vorgesetzt hat. Gut, ich gestehe, bei der Frage nach dem Beruf habe ich ein bisschen geschummelt. Ich konnte ja schlecht »Klofrau« schreiben, damit hätte ich nur Perverse angelockt und die netten Typen abgeschreckt. Darum habe ich auf Josys Rat hin behauptet, »Laborassistentin« zu sein. »Eine Laborassistentin putzt auch den ganzen Tag«, versicherte sie mir. »Du schrubbst die Fliesen an den Toilettenwänden, sie die im Labor. Unterm Strich ist das doch dasselbe.«

Sieben Frauen, sieben Männer, sieben Begegnungen in jeweils sieben Minuten, stand in unserem Einladungsschreiben. Und dass es klare Regeln gibt. Man darf keine Telefonnummern oder E-Mail-Adressen austauschen (die Gefahr bestand bei mir eh nicht), und nach jeder Begegnung soll man auf einen Zettel schreiben, ob man das Gegenüber gern wiedersehen will oder nicht.

So viel Lampenfieber hatte ich zum letzten Mal bei meiner mündlichen Abschlussprüfung in der Schule. Josy und ich hatten uns vor dem Einkaufszentrum verabredet. Die Veranstaltung – ich weiß nicht, wie ich es sonst nennen soll – begann nämlich schon um halb neun, und so blieb mir keine Zeit, nach der Arbeit noch nach Hause zu fahren. Darum machte ich mich in einer meiner Kabinen zurecht.

Was die Klamotten anging, hatte ich beschlossen, dass meine Lee-Cooper-Jeans, die Schuhe mit den flachen Absätzen und die enge weiße Bluse, die ich im Schlussverkauf ergattert hatte, für den Abend gut genug waren. Den letzten Schliff gab ein Seidenschal, den ich mir um den Hals schlang, um etwas lässiger auszusehen, auch wenn ich eigentlich alles andere als lässig bin.

Mit dem Schminken tat ich mich dann allerdings schwer. Erst trug ich zu viel Lidschatten und nicht genug Lippenstift auf, dann übertrieb ich es mit dem Lipgloss und sparte zu sehr am Mascara: Jedes Mal starrte mich aus dem Spiegel ein auffällig geschminktes Flittchen an, das sich selbst leidtat. Genervt wischte ich schließlich alles wieder ab und tupfte mir nur ein paar Tropfen »Lolita Lempicka« aufs Schlüsselbein.

Josy hingegen hatte alle Register gezogen: hautenges Kleid, Extensions im Haar, hochhackige Schuhe und Chanel N° 5. Ein modernes, sexy Aschenputtel.

Am Eingang der Bar kontrollierte man unsere Anmeldung und überreichte uns den Gutschein für das Freigetränk. »Das wird schon«, flüsterte Josy mir zu, bevor sie auf den am weitesten entfernten Tisch zusteuerte.

Die Ermutigung hatte ich auch dringend nötig, denn am liebsten hätte ich meine Beine in die Hand genommen. Stattdessen tat ich es dann aber doch den restlichen fünf Frauen gleich, setzte mich an den letzten freien Tisch und bestellte mir ein Mineralwasser mit Zitrone.

Der erste Typ, der mir gegenüber Platz nahm, war von Beruf Lehrer. An welcher Schule er unterrichtete und welches Fach habe ich vergessen. Er redete die ganze Zeit nur von sich. Als sieben Minuten später der Gong ertönte, war das Einzige, was ich gesagt hatte, Guten Tag und Auf Wiedersehen. Ich war noch nicht mal dazu gekommen, ihm meinen Namen zu verraten. Selbstverliebter Angeber: abgehakt.

Danach setzte sich der zweite Mann zu mir, dann der dritte, und alle sieben Minuten ertönte der Gong wie das Fallbeil eines Henkers. *Mesdames, messieurs,* der Nächste, bitte. Irgendwie hatte ich das Gefühl, auf einer Swingerparty ohne Sex zu sein. Hallo, tschüss, noch einen schönen Abend, danke, dir auch. Eine Art Reise nach Jerusalem, bei der man den Partner wechselt, sobald der DJ einen neuen Song spielt.

Nicht, dass wir uns falsch verstehen: Es waren ein paar nette Kerle dabei. Zum Beispiel der zweite. Ein gebildeter junger Mann, der schon viel von der Welt gesehen hatte. Leider hatte er eine große Warze am Kinn, und in den sieben Minuten, in denen wir uns unterhielten, konnte ich meinen Blick einfach nicht von dieser Hautwucherung abwenden, aus der jede Menge schwarze Haare sprossen. Auf den Bewertungszettel schrieb ich darum bloß: »Warze«, und wandte mich dem nächsten Kandidaten zu.

Der Dritte wiederum war alles andere als hässlich. Dummerweise hatte er jedoch einen Sprachfehler. Der Arme lispelte so furchtbar, dass er mir einfach nur leidtat. Als er mir seinen Beruf verriet, konnte ich nicht mehr an mich halten und prustete los – wonach unser Gespräch abrupt beendet war. Angestrengt starrte ich die letzten zwei Minuten auf mein Mineralwasser, um meine Selbstbeherrschung wiederzufinden. Wenn man lispelt, sollte man sich vielleicht einen anderen Beruf suchen als »Zozialazziztent«.

Ob mein fünfter Kandidat, Adrien, nett war, weiß ich leider nicht, denn er war so in sich gekehrt, dass ich mich schon fragte, ob er Autist war. Jedenfalls war er das genaue Gegenteil von Kandidat 1, der mich überhaupt nicht zu Wort hatte kommen lassen. Adrien blieb sieben Minuten lang stumm wie ein Fisch, rutschte nur auf seinem Stuhl hin und her und knetete seine Hände, als müsse er sie krampfhaft festhalten, weil sie sonst davonfliegen würden. Wenn ich ihm eine Frage stellte, lief er rot an wie jemand, der mit Verstopfung in einer meiner Kabinen hockt, und, offen gestanden, waren Menschen mit Verstopfung mir schon immer suspekt. In meinem Job trifft man davon ja etliche, und wie meine Tante immer sagte: »Von jemandem, der unter Verstopfung leidet, kann man sich nicht viel erhoffen.« Oft schob sie noch hinterher: »Einer mit Verstopfung ist wie ein Stummer, der ein Lied singen will.«

Kandidat 4 und Kandidat 6 waren exakt vom selben Schlag, sie wirkten wie geklont: junge Yuppies aus gutem Elternhaus, dynamisch und karrierebewusst, der Typ Mann, der sich zweimal am Tag rasiert und das Hemd wechselt.

Der letzte Kandidat schließlich war total schwanzgesteuert. Das Einzige, was ihn interessierte, war, ob ich vaginale oder klitorale Orgasmen bekam. Bevor ich aufstand, erklärte ich ihm noch, dass mein Sternzeichen Fisch sei mit Aszendent Wassermann und dass ich mich sexuell noch nicht endgültig festgelegt hätte, ich aber ganz sicher nicht mit ihm zusammen herausfinden wollte, welches Körperteil bei mir für den Orgasmus zuständig war.

Nach neunundvierzig Minuten war mein Glas Mineralwasser leer, und ich hatte einen Zettel vor mir liegen, der mich wirklich das Gruseln lehrte. Nummer 1: selbstverliebter Angeber. Nummer 2: Warze. Nummer 3: lispelt. Nummer 4: karrieregeil. Nummer 5: chronisch verstopft. Nummer 6: karrieregeil. Nummer 7: schwanzfixiert.

Ich rief mir ein Taxi. Josy kam nicht mit, sie war von etlichen Männern umringt. Fünf wollten sie wiedersehen. Fünf von sieben. Mich wollten lediglich zwei näher kennenlernen, der nette mit der Warze und das zweite karrieregeile Muttersöhnchen. Da machte ich mich lieber schnell aus dem Staub, voller Vorfreude auf mein Rendezvous mit Stephen King, dessen neuestes Buch mich auf dem Nachttisch erwartete.

In diesem Moment fuhr der Zug in den Bahnhof ein. Während Guylain seine Mappe zusammenpackte, kam ihm wieder die Nacht in den Sinn, als er diesen Text zum ersten Mal gelesen hatte. Er hatte gelitten wie ein Hund und sich irgendwie gefühlt wie beim russischen Roulette: Jeden Moment hätte sich einer der sieben Kandidaten als Julies Traumprinz entpuppen können. Beim letzten Satz hatte er erleichtert aufgeatmet – und womöglich war es in diesem Moment endgültig um ihn geschehen gewesen.

24

Samstagmorgen. Guylain war früh aufgewacht und blieb noch eine Weile im Bett liegen. Nachdenklich beobachtete er, wie sein neuer Mitbewohner im Glas unermüdlich seine Runden zog. Warum tat er das? Wen oder was verfolgte er? Oder machte er sich was vor und schwamm sich selbst hinterher, so wie eine Katze ihrem eigenen Schwanz nachjagte? Mit jedem Tag, der verging, ohne dass er Julie fand, fürchtete Guylain, dass auch er einer Illusion nachjagte. Am Freitagabend war er im »Belle Épine« in Thiais gewesen. Auch dort hatte er keinen Erfolg gehabt. Seit fast einer Woche suchte er Julie nun schon vergeblich. Jagte er einer Schimäre nach? Existierte sie nur in diesen zweiundsiebzig Texten? War sie die Schöpfung eines Autors, und es gab sie gar nicht wirklich? Nein, das durfte, das konnte einfach nicht sein!

Er hatte sich mit Yvon Grimbert an der Taxisäule vor dem Bahnhof verabredet. Wie immer hatte der Schrankenwärter der STAR sich in Schale geworfen, zur Feier des Tages hatte er sich sogar eine weiße Nelke ins Knopfloch gesteckt. Es war Viertel vor zehn, als sie in das Taxi stiegen. Yvon war bester Laune, sodass er, kaum hatte Guylain die Adresse genannt, gleich noch ein paar eigens für diesen Anlass gedichteten Verse hinterherschickte:

»Fahrt tunlichst drauflos, tragt uns hurtig zum Ziel /
Lenkt flugs das Gefährt, denn wir zahlen Euch viel /
Weicht aus allen tückischen Löchern im Teer /
Wenn Ihr euch beeilt, gibt's vom Trinkgeld gleich mehr.«

Der Fahrer warf einen argwöhnischen Blick in den Rückspiegel, fuhr aber trotzdem los. Wie alle Taxifahrer war er wohl so einiges gewöhnt. Dennoch dauerte es drei rote Ampeln, bis die Falte auf seiner Stirn verschwand.

Mit seinem sorgfältig gestutzten Schnurrbart, der majestätischen Haltung und dem piekfeinen Anzug schlug Yvon die weiblichen Bewohner der »Residenz Rosengarten« augenblicklich in seinen Bann. Selbst Josette, die sich zunächst auf Guylain gestürzt hatte, konnte sich seiner Ausstrahlung nicht entziehen und gesellte sich zu der Yvon umringenden Schar, kaum hatte sie ihren roten Lippenstift auf Guylains Wangen deponiert.

Zur Begrüßung setzte der Wachmann zwischen zwei Handküssen zu einem ersten Vers an, und da war es dann selbst um die zurückhaltendsten Damen geschehen:

»In welch prächtige Bleibe bin ich heut' geladen /
Ich bedanke mich herzlich für solcherlei Gnaden.«

»Oh, was sind Sie nur für ein Charmeur, Monsieur Grinder!«, hauchte Josette Delacôte und errötete vor Entzücken.

Guylain musste unwillkürlich grinsen. Willkommen im Klub der Namensverstümmelten, dachte er und folgte dann seinem Freund, der, umringt von seinem neuen Hofstaat, bereits hoheitsvollen Schrittes die Eingangshalle betrat.

»Dies' Gewölbe erhebt sich ganz wunderbar /
Der Himmel scheint mir zum Greifen nah /
Oh glücklich, wer darf diese Weite genießen /
und sein Leben an solch schönem Orte beschließen.«

Selbst die in ihren Rollstühlen zusammengesunkenen Alten rechts und links vom Eingang zuckten bei Yvons dröhnender Stimme zusammen, sodass Guylain schon befürchtete, sie könnten vor Schreck einen Herzinfarkt bekommen.

Im Aufenthaltsraum ließ Monique es sich dann nicht nehmen, den Wachmann der versammelten Zuhörerschaft vorzustellen. Erst nannte sie ihn Yvan Gerber, dann Johan Gruber, gleich darauf Vernon Pinder, und bei diesem Namen blieb sie dann kurioserweise auch für die restliche Zeit, was dem armen Yvon etwas von seiner Souveränität nahm, wie Guylain aus dem Augenwinkel sah.

Darum war es gewiss besser, dass er als Erster zu lesen begann. Guylain bestieg das Podium mit einem von Julies Texten, doch schon nach den ersten Sätzen merkte er, dass die alten Herrschaften nicht ganz bei der Sache waren. Obwohl es im Saal bis auf das übliche Hüsteln, Stühlescharren und Stockgeklapper still war, spürte er, dass das Publikum nur Yvons Auftritt entgegenfieberte. Guylain nahm es ihnen nicht übel, dass er heute nur die Vorgruppe war, und räumte gern das Feld. Mit einer fürsorglichen Geste schob er seinem alten Freund den Sessel hin, doch der König des Reims winkte nur theatralisch ab und flüsterte ihm wieder einmal eine seiner Grundregeln zu:

»Es weiß doch ein jeder, dass nur wenn man steht /
Die Luft richtig strömt, und der Atem leicht geht.«

Und dann begann Yvon Grimbert, alias Vernon Pinder, mit keinem anderen Netz und doppelten Boden als seinem hervorragenden Gedächtnis, mit theatralischen Gesten aus Racines klassischer Tragödie ›Phädra‹ zu rezitieren, genauer gesagt aus dem fünften Auftritt des zweiten Akts, in dem Phädra Hypolyte ihre Liebe zu Theseus gesteht:

»Ja, Herr, ich schmachte, brenne für den Theseus /
Ich liebe Theseus, aber jenen nicht /
Wie ihn der schwarze Acheron gesehn /
Den flatterhaften Buhler aller Weiber /
Den Frauenräuber, der hinunterstieg /
Des Schattenkönigs Bette zu entehren.«

Eine Stunde lang folgten Passage um Passage aus diversen Dramen. Yvon wechselte virtuos von einem schimpfenden Don Diego zu einer verzweifelten Andromache, von einem leidenschaftlichen Britannicus zu einer patriotischen Iphigenie. Ohne den Blick von ihm zu wenden, fragte Monique Guylain flüsternd, was Yvon denn von Beruf sei.

»Verseschmied«, antwortete Guylain spontan.

»Oh, Verseschmied …«

Die alte Dame nickte verzückt.

Nach dem Ende der Lesung musste Guylain gleich gehen. Die öffentlichen Toiletten des »Évry 2« standen auf seinem Programm. Seinen Freund ließ er bei den Delacôte-Schwestern zurück. Sie wollten ihn unbedingt noch zum Mittagessen einladen, wofür sich der Wachmann mit zwei Versen aus seiner Schmiede im Voraus bedankte:

»Heut' ist mir das Glücke fürwahr aber hold /
Mit Ihnen zu speisen, ist mehr wert als Gold.«

25

Der Regionalzug war an diesem Samstagmittag fast leer. Eingelullt vom Rattern der Räder, dachte Guylain an Julie und fragte sich wie jedes Mal auf dem Weg zu einem der Einkaufszentren, wie er sie am besten ansprechen sollte, falls er sie wirklich fand. »Hallo, äh … Ich heiße Guylain Vignolles, bin sechsunddreißig Jahre alt und äh … würde dich gern kennenlernen.« Klang das erfolgsversprechend? Er durfte die einzige Chance, die er hatte, auf keinen Fall durch hilfloses Gestammel vermasseln. … Aber vielleicht musste er ja auch gar nicht unbedingt reden. Er könnte genauso gut ein paar Sätze in ihr ausliegendes Gästebuch schreiben … Allerdings bestand dann natürlich die Gefahr, dass seine Liebeserklärung sich zwischen Sätzen wiederfand wie: »Für die einen ist es Klopapier, für die anderen die längste Serviette der Welt!« Oder: »Die Toilette war schön sauber, aber die Spülung etwas schwergängig.« Zum Glück fuhr der Regionalzug in diesem Moment in die Station »Évry-Courcouronnes« ein und riss Guylain aus seinen Tagträumen.

Als Guylain aus dem Bahnhof auf die Straße trat, zog er den Reißverschluss der Jacke hoch bis zum Kinn. Trotz des strahlenden Sonnenscheins war die Luft kühl. Das Metallgerüst, in dem ein großer Heißluftballon mit dem Schriftzug des Einkaufszentrums auf- und abstieg, überragte die umliegenden Dächer und wies ihm wie ein Leuchtturm den Weg.

Fünf Minuten später öffneten sich vor ihm die automatischen Schiebetüren des »Évry 2«. Guylain verlangsamte seine Schritte. Plötzlich hatte er es nicht mehr eilig, denn einmal mehr hatte er gewaltiges Muffensausen. Würde die Wirklichkeit seine Träume wieder wie Seifenblasen zerplatzen lassen?

Gemächlich schlenderte Guylain darum den Hauptgang entlang, scherte sich nicht um das Gedränge und stellte sich vor, wie Julie vielleicht am frühen Morgen hier entlangging, wenn das Einkaufszentrum noch geschlossen war und ihre Schritte wie in einer leeren Kathedrale von den Wänden widerhallten …

So in Gedanken versunken und beschallt von der Hintergrundmusik aus den Deckenlautsprechern und dem Stimmengewirr um ihn herum, nahm er dennoch plötzlich ein ganz bestimmtes Geräusch wahr: das Plätschern von Wasser!

Automatisch ging er schneller – und erblickte ein paar Schritte weiter einen Springbrunnen, in dem vier majestätische Marmorfische unermüdlich Wasser in ein Becken spuckten. Guylains Herz begann heftig zu klopfen. Augenblicklich meldete sich die Stimme der Vernunft zu Wort und flüsterte, dass es heutzutage in jedem anständigen Einkaufszentrum einen Springbrunnen gebe, genauso wie ein Kinderkarussell, eine Crêperie und eine große Rolltreppe. Guylain stopfte ihr jedoch gleich das Maul: Der Springbrunnen befand sich an der Kreuzung der drei Hauptgänge des Einkaufszentrums, genau so, wie Julie es beschrieben hatte! Er würde sie hier finden, da war er sich nun ganz sicher. Nur: Ging es jetzt nach rechts oder nach links? Im selben Moment eilte eine Frau mit einem kleinen Mädchen an der Hand an ihm vorbei. Sie flehte das Kind an, noch kurz durchzuhalten, sie seien fast da. Schnell warf Guylain ein nagelneues Zweieurostück in das trübe Wasser des Springbrunnens, um das Schicksal gnädig zu stimmen, und folgte ihnen.

Dreißig Meter weiter entdeckte er das allseits bekannte Piktogramm, das ihm verheißungsvoll entgegenblinkte. Die Stimme der Vernunft hatte sich von ihrem Knebel befreit und versuchte noch einmal, seiner Zuversicht einen Dämpfer aufzusetzen. Natürlich wusste er, dass das Schild nur auf die Toiletten hinwies und dort nicht stand: »Herzlich willkommen bei Julie, Ihrer freundlichen Servicekraft!« Trotzdem passte alles haargenau zu Julies Beschreibung. Eine Treppe mit fünfzehn Stufen führte hinab ins Untergeschoss, und die Wände waren vom Fußboden bis zur Decke gefliest. Genau 14717 Fliesen, dachte Guylain, während er nervös die Stufen hinabging. Zwischen den Schwingtüren zur Herren- und denen zur Damentoilette stand ein Klapptisch mit mehreren aufgeschlagenen Zeitschriften und einer Untertasse mit ein paar wenigen Münzen. Der Stuhl war leer, doch über der Lehne hing eine dünne Strickjacke.

Als er die Herrentoilette betrat, kam sie gerade aus einer der Kabinen. Sie trug rosa Gummihandschuhe, hatte einen Schrubber und einen Wischmopp in den Händen und steuerte auf die Abstellkammer zu. Bevor Guylain in Kabine Nummer 8 verschwand, warf er ihr aus den Augenwinkeln noch einen letzten Blick zu. Sie war nicht sonderlich groß, leicht mollig und hatte ein hübsches Gesicht, mit dem sie in ihrer Jugend sicher dem einen oder anderen Mann den Kopf verdreht hatte. Das Haar trug sie zu einem straffen aschgrauen Knoten gebunden.

Wie in Trance klappte Guylain in der Kabine den Deckel herunter und sank darauf nieder. Wenige Augenblicke zuvor hätte er noch geschworen, dass das die Kabine des Dicken war, der immer um Punkt zehn sein Geschäft verrichtete. Niedergeschlagen vergrub er das Gesicht in seinen Händen. Diesmal hatte er so fest daran geglaubt. Doch einmal mehr war der schöne Traum geplatzt …

»Pipi machen ist kein Spiel. Wie oft muss ich das den Lümmeln eigentlich noch sagen?«

Guylain schreckte hoch. Pipi machen ist kein Spiel? Der Tanten-Spruch Nummer 5?

Im selben Moment erklang über eine rauschende Klospülung und das Dröhnen eines Händetrockners hinweg eine zweite, jüngere Stimme – und es war die schönste Stimme, die Guylain je gehört hatte:

»Pipi machen ist kein Spiel, da hast du völlig recht. Ich kann mich wirklich glücklich schätzen, so eine weise Tante zu haben. Tut mir leid, dass es so lange gedauert hat, aber du weißt ja, wie das ist, wenn Josy mir die Haare macht. Eine halbe Stunde schneiden, eine Stunde quatschen.«

Ganz benommen verließ Guylain die Kabine und stakste zu den Waschbecken. Wasserhahn aufdrehen, flüssige Seife in die Hand spritzen, verreiben, bis es schäumt, all das tat er wie ein Roboter. Als er im Spiegel jemanden hinter sich vorbeihuschen sah, wagte er es nicht, den Kopf zu drehen. Wie ferngesteuert rieb er seine seifigen Hände unter dem fließenden Wasser bis das Waschbecken von Schaum überquoll. Mechanisch trocknete er sich die Hände an der Hose ab, holte tief Luft und tappte dann mit zittrigen Knien zum Ausgang.

Julie saß an ihrem Tisch und schrieb. Ihre Finger waren eher kurz, dafür aber schön schmal. Da sie sich über ein Notizbuch beugte, sah Guylain ihr Gesicht nur im Profil: den geraden Nasenrücken, die Rundung der Wangen, die schön geschwungenen Lippen und die langen Wimpern, die ihre Augen verdeckten. Ihr blondes Haar erinnerte ihn an die Farbe von Berghonig, ein dunkles, schimmerndes Gold. Als er an ihr vorbeiging, schaute sie auf. Guylain blieb fast das Herz stehen, doch sie starrte nur gedankenverloren auf die gegenüberliegende Wand und kaute dabei an ihrem Kugelschreiber herum, bevor sie sich wieder über ihr Notizbuch beugte und emsig weiterschrieb.

Als er seinen Fuß auf die erste Stufe setzte, bohrte sich ihm ihr »Danke vielmals!« dann allerdings wie ein Pfeil ins Herz. Was war er doch für ein Idiot: Die einzige Münze, die er dabeigehabt hatte, lag seit einer Viertelstunde eine Etage höher auf dem Grund des Springbrunnens. Lange konnte Guylain sich darüber aber nicht ärgern, denn in seinem Kopf war nur noch Platz für einen einzigen Gedanken: Julie war nicht hübsch, nein, Julie war atemberaubend schön!

»Am Dienstag, den 20. März, ist es wieder so weit!« Im Erdgeschoss des Einkaufszentrums dudelte eine fröhliche Werbemelodie aus den Lautsprechern, und eine aufgekratzte Stimme verkündete, dass in drei Tagen Frühlingsanfang sei. Und da wusste Guylain auf einmal, was er tun konnte.

26

Als der Kurier die Treppe runterkam, dachte ich ja erst, dass es sich um einen Irrtum handelte. Entweder hatte sich der Typ im Stockwerk geirrt oder mit seiner Lieferung kurz einen Umweg gemacht, weil er plötzlich mal musste. Als er sich dann aber Kaugummi kauend vor mir aufbaute und fragte, ob ich Julie sei, konnte ich nur nicken. Zwei Sekunden später sprang der Kurier schon wieder die Treppe hinauf, und ich starrte völlig fassungslos auf das Riesending in meinen Armen. Ein Blumenstrauß. Hier. Für mich. Und was für einer! Ein Wahnsinnsteil aus Dutzenden von Schnittblumen, für den man als Vase einen Eimer brauchte.

Ganz aufgelöst rief ich Josy an, die sofort alles stehen und liegen ließ und angerannt kam, obwohl sie einer Kundin gerade die Haare färbte.

»Wow! Ein Mann, der einer Frau so ein

Strauß schenkt, ist entweder total bekloppt – oder er ist der tollste Typ, den frau sich nur vorstellen kann. Sieht so aus, als hättest du den Jackpot geknackt!«, sagte sie voller Neid, bevor sie wieder zurück zu ihrer Kundin eilte – natürlich nicht, ohne mir vorher das Versprechen abzunehmen, ihr später alles haarklein am Telefon zu erzählen.

So etwas war mir wirklich noch nie passiert. Das war einfach unglaublich. Und dazu noch an einem so unpassenden Ort! Selbst meine Tante hatte in vierzig Berufsjahren nichts Vergleichbares erlebt; nur ein Mal, erzählte sie mir am Abend, habe ein Mann ihr am Valentinstag eine rote Rose auf den Tisch gelegt, weil seine Freundin ihm zehn Minuten vorher den Laufpass gegeben hatte und er nicht wusste, wohin mit dem dornigen Ding.

Mein gigantischer Blumenstrauß war in Zellophanfolie eingewickelt, und unten dran hing ein kleines Päckchen aus Packpapier, auf dem mit schwarzem Kugelschreiber »Für Julie« geschrieben stand.

Meine Hände zitterten, als ich das Päckchen auspackte. Und was war drin? Eine

Fliese, die genauso aussah wie meine, dieselbe Größe, dieselbe milchige Glasur. Ich drehte und wendete sie hin und her, ohne zu verstehen, was das sollte. Des Rätsels Lösung fand sich dann in dem beiliegenden Brief:

Liebe Julie,

eins muss ich gleich vorwegschicken: Ich bin nicht gerade das, was eine Frau unter einem Traumprinzen versteht. Und einen stattlichen Schimmel habe ich auch nicht. Doch wenn ich an einem Brunnen vorbeikomme, werfe auch ich gern mal eine Münze hinein. Ich lispele nicht, und ich habe keine Warze, weder am Kinn noch sonst wo, dafür aber einen bescheuerten Namen, der mindestens genauso peinlich ist. Außerdem liebe ich Bücher, obwohl ich sie tagein, tagaus tonnenweise vernichte. Und ich wohne mit einem Goldfisch namens Rouget de Lisle zusammen und habe genau zwei Freunde: einen Rollstuhlfahrer, der seit Jahren seine Beine sucht, und einen Verseschmied, der fast nur in Reimen spricht.

So viel zu mir und meinem bisherigen Leben. Was aber viel wichtiger ist und warum ich Ihnen eigentlich schreibe: Vor ein paar Tagen habe ich entdeckt, dass es auf dieser Welt jemanden gibt, der eine erstaunliche Wirkung auf mich hat. Dieser Jemand lässt alle Farben heller leuchten, nimmt meinem Alltag seine Schwere, wärmt mich von innen, macht das Unerträgliche erträglicher, das Hässliche nicht ganz so hässlich und das Schöne noch viel schöner. Kurzum, dieser Mensch macht mein Leben lebenswert. Und dieser Mensch … dieser Mensch sind Sie, liebe Julie.

Entschuldigen Sie, dass ich mit diesem Geständnis einfach so in Ihr Leben platze. Sie müssen wissen, vor etwa zwei Wochen habe ich durch Zufall Ihren USB-Stick in dem Zug gefunden, mit dem ich täglich zur Arbeit fahre. Anfangs wollte ich ihn nur seinem rechtmäßigen Besitzer zurückgeben. Darum habe ich die Dateien geöffnet, weil ich dachte, sie würden mir vielleicht einen Hinweis liefern … Doch dann, nachdem ich Ihre Texte gelesen hatte, wollte ich Sie unbedingt kennenlernen.

Ich hoffe, Sie nehmen mir das nicht übel. Als Entschuldigung würde ich Ihnen gern die beiliegende Fliese schenken, damit Sie sie morgen mitzählen können. Selbst aus einer so eckigen Zahl wie der 14717 kann nämlich etwas Schönes, Rundes werden, wenn man ihr nur ein wenig auf die Sprünge hilft.

Anders als man manchmal denkt, ist nämlich nichts auf der Welt unveränderlich. Und darum möchte ich Sie nun noch fragen, ob Sie mir acht Minuten Ihrer Zeit schenken würden – obwohl ich kein Fan von Speed-Dating bin (die Sieben ist keine schöne Zahl, vor allem nicht für ein erstes Treffen, darum wünsche ich mir eine Minute mehr).

Der Satz, mit dem ich schließen will, klingt zugegebenermaßen kitschig. Aber ich möchte und werde ihn keiner anderen mehr schreiben als Ihnen, Julie: Ich lege mein Schicksal in Ihre Hände.

Guylain Vignolles

Unter dem Namen stand nur noch eine Telefonnummer. Dieser Guylain mochte vollkommen durchgeknallt sein – aber sein Brief haute mich einfach um.

Noch ganz durcheinander von dem, was ich da gelesen hatte, schüttelte ich den Briefumschlag, und heraus fiel der knallrote USB-Stick, den ich nach meinem letzten Besuch bei Josy überall gesucht hatte. Ich las den Brief noch ein zweites Mal, dann ein drittes … Um ehrlich zu sein, im Laufe des Tages habe ich ihn bestimmt an die zwanzig Mal gelesen. Sobald ich Wischmopp, Eimer und WC-Ente einmal kurz wegstellen konnte, nahm ich ihn zur Hand, ließ mir jedes Wort auf der Zunge zergehen und versuchte dabei, mir das Gesicht und die Stimme des Mannes vorzustellen, der fand, dass er einen bescheuerten Namen trug. Und was soll ich sagen? Plötzlich hörte sich das Klirren der Münzen auf meiner Untertasse melodischer an als sonst, die Zeit verging schneller, das Neonlicht war wärmer und sogar die Leute kamen mir freundlicher vor.

Abends, als ich mich in mein Bett kuschelte,

las ich den Brief dann noch ein paar Mal, so lange, bis ich ihn auswendig kannte und das Licht ausschalten konnte. Und da wusste ich auf einmal, dass ich Guylain Vignolles anrufen würde. Ich würde ihn anrufen und ihm sagen, dass ich ihn kennenlernen wollte. Und ich würde ihm nicht nur acht Minuten meiner Lebenszeit schenken, sondern mindestens drei Stunden. So lange dauerte es nämlich, bis ich in dieser Nacht einschlafen konnte. Ja, wir würden drei Stunden lang reden, schweigen und uns vielleicht sogar vorwagen und Worte sagen, die keiner von uns bisher im Leben ausgesprochen hat …

Heute ist im Übrigen der 20. März. Frühlingsanfang. Wie jedes Jahr habe ich meine Fliesen gezählt. Dabei habe ich laut gesungen, denn beim Zählen spürte ich in der Tasche meiner Kittelschürze das Gewicht von Guylains Fliese. Als ich fertig war und nur noch die Zahlen zusammenrechnen musste, legte ich sie behutsam auf meinen Tisch und rechnete sie zu dem bisherigen Ergebnis dazu. Und was soll ich sagen? Obwohl ich natürlich nicht unvorbereitet war, war ich vollkommen überwältigt.

Ich nahm mein Handy und wählte seine Nummer.

Denn die 14718 ist wirklich eine wunderschöne Zahl – wie geschaffen für einen Neuanfang.